W0280261

Ralf Lilienthal
Oskar und der Wächter
der Goldenen Nuss

Ralf Lilienthal

Oskar und der Wächter der Goldenen Nuss

Mit Zeichnungen von Renate Grünewald

Verlag Freies Geistesleben

Ralf Lilienthal, geboren 1961 in Duisburg, arbeitet seit 1986 als selbstständiger Gartengestalter und -pfleger in Witten. Daneben schreibt er für verschiedene Zeitschriften und Zeitungen. 2002 erschien im Hohenheim Verlag sein Buch *Überall ist Garten – oder: jeder Mensch ist ein Gärtner.* In *Oskar und der Große Och* (Verlag Freies Geistesleben 2004), seinem ersten Kinderbuch, erzählt Ralf Lilienthal, wie Oskar im Keller ein außergewöhnlich schlafbedürftiges und hungriges, aber auch zauberbegabtes Wesen entdeckt und – was er mit dessen Hilfe unternehmen kann. In dem Folgeband *Oskar und der Große Och im Löwenhaus* (2005) lernt Oskar Ottilie kennen und der Große Och lernt lesen.

«Eine liebenswerte, manchmal auch hintersinnige Geschichte. Wohl jedes Kind würde sich einen solchen Freund wünschen.»

Basler Jugendschriftenkommission

«Dieses Buch erfüllt alle Erwartungen.»

Die Christengemeinschaft

1. Auflage 2006

Verlag Freies Geistesleben

Landhausstraße 82, 70190 Stuttgart

Internet: www.geistesleben.com

ISBN 3-7725-2257-2

© 2006 Verlag Freies Geistesleben

& Urachhaus GmbH, Stuttgart

Einbandillustration: Renate Grünewald

Gesamtherstellung: Bercker, Kevelaer

Für Yannick und O.P.

Inhalt

Kapitel 1
Ein Telegramm mit Folgen

Als an einem strahlend schönen Spätwintertag die Türglocke der Villa Maroni erklang, war Katharina Uhlenbrock gerade im Begriff, das Haus zu verlassen. «Ich gehe schon!», rief sie gut gelaunt dem schottischen Butler James zu, dessen Schritte sie bereits in der Halle hören konnte. Sie öffnete. Ein junger Mann in Uniform stand vor ihr.

«Telegramm für Frau ‹Kathatima Uhlemborg›.»

«Können Sie nicht lesen, junger Mann? Es heißt ‹Katharina Uhlenbrock›. Und das bin ich!»

«Soll es wohl heißen und ich zweifle nicht daran, dass das Schreiben für Sie ist. Aber es steht genau das auf dem Telegramm, was ich soeben vorgelesen habe. Bitte, überzeugen Sie sich selbst!»

Frau Uhlenbrock nahm das Papier entgegen und begann mühsam zu lesen:

```
Expetition in Gefaar. Stop.
Kähpt'n Osskarson und Proffess-
so von Ottemsteyn gäfangn. Stop.
Ihgor kohnte flien. Stop. Brauchn
soffort Hilfä. Stop. Unsser Stan-
tord: Hafn von Carracas, Venezu-
hehla. Stop. Salino.
```

«Balduin!»

Katharina Uhlenbrock schrie entsetzt auf und noch ehe der verdutzte Telegrammbote den weit aufgerissenen Mund wieder zubekam, lag sie ohnmächtig in seinen Armen.

«Hallo? Haallooh?»

Der überraschte junge Mann musste nicht lange warten, denn sowohl James als auch Erna und sogar Lung-Xin hatten den Aufschrei der Hausherrin gehört und waren zur Tür gelaufen.

«Was ham Se mit dem Frauchen jemacht, Sie Unmensch!»

Erna schwang drohend ihren Besen in der Luft. Der Bote zog unwillkürlich den Kopf ein.

«Aber nicht doch. Das Telegramm, bitte sehr! Dort auf dem Boden. Die gnädige Frau hat es gerade gelesen!»

Noch immer hielt er Katharina Uhlenbrock in den Armen und war dankbar, als sich jetzt die dicke Haushälterin ihrer annahm.

«Frau Uhlenbrock, Kindchen, komm Se man wieder zu sich», sagte sie und schlug ihr dabei vorsichtig auf die blassen Wangen. Auch James und Lung-Xin bemühten sich um die Ohnmächtige. Nur langsam wachte sie wieder auf.

«Ich habe geträumt», sagte sie, während sie die Augen wieder aufschlug, «es war nur ein böser Traum!»

Doch als Oskars Mutter den Telegrammboten erkannte, schrie sie noch einmal auf:

«Mein Balduin und Onkel Oskar – gefangen! Hier, das Telegramm ... sie brauchen Hilfe!»

Und dann sank sie erneut in Ohnmacht. Behutsam brachten James und Lung-Xin die Arme in den Blauen Salon und legten sie auf eine Chaiselongue. Während sie Katharina Uhlenbrock Luft zufächelten, las James das Telegramm den anderen laut vor.

«Oh Gottchen ... », jammerte Erna, «ojemine. Was man wohl der arme Käpt'n jetzt macht?»

«Und was machen wil' jetzt? Wil' müssen etwas tun, abel' Lung-Xin hat übel'haupt keine Idee, wie das kann gehen?»

«Oh yes. Wir müssen bewahren eine klare Kopf. Und wir brauchen ein wenig Hilf'. Am besten es wird sein, wir haben am Nachmittag eine Treff' mit Mamadou, Mevrouw Molenaar und die Kinder. Dann wir werden sehen weiter!»

Gegen halb vier am Nachmittag war der Blaue Salon in der Villa Maroni wieder einmal voller Menschen – und dass der Große Och auch dabei war, versteht sich von selbst! Aber es herrschte nicht die gemütliche Plauderstimmung wie sonst so oft. Die Erwachsenen schwiegen oder seufzten immer wieder laut auf. Katharina Uhlenbrock schluchzte sogar gelegentlich und schnäuzte sich dann jedes Mal in ihr parfümiertes Spitzentaschentuch.

Die beiden Kinder dagegen rutschten auf ihren Stühlen herum. Sie hätten am liebsten sofort irgendetwas unternommen, um den Gefangenen zu helfen. Ottilie zwirbelte ihre Zöpfe, Oskar drückte ununterbrochen auf den Knopf eines Drehaschenbechers, wodurch dessen glänzender Stahlverschluss immer wieder laut auf- und zuschnappte.

Als Letzte betraten nun endlich James und Lung-Xin den Salon, Tabletts mit Tee, Kakao und Gebäck in der Hand, die sie vor die Wartenden hinstellten. Doch keiner hatte Appetit.

Endlich ergriff James das Wort:

«Well. Wir alle wissen, was ist passiert. Aber wir noch nicht wissen, was soll geschehen.»

Wieder schwiegen alle. Die Minuten verstrichen und die Stille wurde nur durch das laute Ticken der großen dunklen Standuhr unterbrochen. Dann platzte es aus Ottilie heraus:

«Wir müssen sie retten! Gleich morgen reisen wir nach Caracas. Dort warten Salino und Igor. Sie werden uns in den Urwald führen und dann sollen die Entführer schon sehen, mit wem sie es zu tun haben!»

«Aber Ottilie», unterbrach Mevrouw Molenaar das Mädchen, «wat zullen wir denn gegen die böse Mensen tun? Sie haben sicher Waffens. Nee, wir müssen naar die Politie gehn!»

«Sollen wir etwa solange hier sitzen und Däumchen drehen? Das hält doch keiner aus. Wir haben immerhin den Großen Och, Mamadou und Igor. Es wäre doch gelacht, wenn uns nichts einfällt!»

Oskar hatte laut gesprochen und dabei wütend mit den Füßen aufgestampft. Seine Wut war echt, allerdings war ihm bei dem Gedanken, im undurchdringlichen Amazonas-Urwald Banditen zu suchen, die noch dazu bewaffnet waren, alles andere als wohl zu Mute.

«Lung-Xin hat noch eine Idee. Wil' könnten finden eine Detektiv, del' sucht den Käpt'n und Pl'ofessol' Ottenstein. Und wenn el' hat gefunden, el' holt Polizei und befl'eit die beiden!»

Jetzt endlich erwachte auch Katharina Uhlenbrock aus ihrer Verzweiflung.

«Das ist eine gute Idee, mein lieber Lung-Xin. Natürlich wird keiner von uns dorthin reisen. Und schon gar nicht die Kinder! Das ist viel zu gefährlich – und außerdem: ihr habt schließlich Schule!»

«Aber Mama, wir ... »

«Kein Wort, Oskar, du glaubst doch wohl nicht, dass ich zu den Löwen und Schlangen in den Urwald fahre. Und du auch nicht!»

«Leeuwen gibt es nur in Afrika», warf Mevrouw Molenaar noch ein.

«Auch wenn es am Amazonas nur Tiger gibt – scharfe Krallen, spitze Zähne und Mundgeruch haben diese Viecher alle!»

Was Mevrouw Molenaar daraufhin noch leise flüsterte, hörte Oskars Mutter nicht mehr, nur Mamadou und der Große Och, die sich das Lachen kaum verkneifen konnten.

«Tigers gibt es nur in Asien. Wenn du suidamerikaans opgefreten werden willst, dann musst du een Jaguar nehmen!»

Kapitel 2
Trotzdem

Nach dem Treffen gingen Oskar und Ottilie nachdenklich durch den Garten der Villa Maroni. Ganz plötzlich blieben sie beide im selben Moment stehen. Ihre Augen blitzten.

«Denkst du das Gleiche wie ich Oskar?»

«Ja!»

«Hast du eine Ahnung, wie wir zum Amazonas kommen sollen?»

«Nein!»

«Werden wir es trotzdem schaffen?»

«Ja.»

«Hast Recht!»

Eine Weile sprachen sie kein Wort. Bis Ottilie ungeduldig wurde:

«Wie kommt man denn überhaupt nach Südamerika? Ich glaub', das ist ganz schön weit weg. Mit dem Schiff?»

«Schon. Aber weißt du, wie lange das dauert? Bestimmt ein paar Wochen oder so. Bis dahin kann meinem Großonkel und deinem Vater Gott weiß was passiert sein. Nein, wir müssen auf jeden Fall fliegen! Aber wie sollen wir als Kinder an Flugtickets kommen? Und: als blinder Passagier in einem Flugzeug mitfliegen? Das geht schon gar nicht!»

«Mist! Aber vielleicht könnte der Große Och ... » Ottilie wurde mitten im Satz von Oskar unterbrochen, der sich an die Stirn schlug:

«Mensch klar! Ich glaub', es gibt noch eine Chance. Komm mit!»

«Oskar renn' nicht so. Würdest du mir bitte zuerst einmal erklären, wohin wir gehen und was für eine Idee du hast?»

Doch Oskar lief sogar noch schneller weiter und Ottilie blieb nichts anderes übrig, als zu schweigen und ihm zu folgen. An der Tür zur Villa Maroni wartete er auf seine Freundin und sie gingen zusammen hinein.

Oskar steuerte auf das Arbeitszimmer des Käpt'ns zu.

Als sie den großen Raum mit den fast schwarzen, schweren Möbeln, dem gewaltigen Schreibtisch und der Sammlung nautischer Instrumente betraten, wurden sie unwillkürlich leiser. Sie bewegten sich auf Zehenspitzen und flüsterten nur noch miteinander.

«Was hast du vor? Darfst du überhaupt hier rein?»

«Wir wollen ihm schließlich helfen. Und vielleicht ist die Lösung ja hier ganz einfach ... »

Oskar hatte eine gerahmte Fotografie von der Wand genommen, die er Ottilie jetzt vor die Nase hielt. Zwei Männer waren darauf zu sehen: ein junger Oskar Oskarson in blauer Kapitänsuniform und mit schief aufgesetzter Mütze, der in die Sonne blinzelte und seinen rechten Arm einem etwa gleichaltrigen, schmächtigen Mann mit Fliegermütze und einer speckigen Lederjacke um die Schulter gelegt hatte. Im Hintergrund war der Tragflügel eines großen silbrigen Flugzeugs zu erkennen.

«Wer is'n das?»

«Weiß nich' so genau, aber er und das Flugzeug tauchen auf einigen Bildern hier im Raum auf. Wie es aussieht, ist er ein Freund von meinem Großonkel.»

«Du meinst ...?»

«Ja. Wenn er wirklich ein Freund vom Käpt'n ist und wir rausfinden können, wo er wohnt, kann er uns vielleicht dabei helfen, einen Flug nach Südamerika zu finden!»

«Dürfte gar nicht so leicht sein.»

Doch es war leichter, als sie gedacht hatten. Denn in einem Bücherregal entdeckten Oskar und Ottilie einen vergilbten Ordner mit der Aufschrift: *Flugzeug – Tante Ju*. Beim Blättern stieß Oskar auf einen Zeitungsausschnitt, den das Foto einer dreimotorigen Propellermaschine zierte. Darunter stand in großen Lettern:

`Raketen-Paule erweckt Tante Ju zu neuem Leben!`

Weiter hieß es in dem Artikel:

`Raketen-Paule hat es geschafft! Nach mehr als fünf Jahren intensiver Arbeit hat der berühmte Kunstflieger Paul Pommeranke aus Castrop-Rauxel eine Junkers Ju 52 Passagiermaschine wieder flugtüchtig gemacht. Das als ‹Tante Ju› in die Geschichte der Fliegerei eingegangene Flugzeug kann ab sofort für Rund- und Kurzstreckenflüge gebucht werden ...`

Oskar schlug mit dem Handrücken klatschend auf das Papier:

«Paul Pommeranke, ‹Raketen-Paule›, das ist unser Mann. Castrop-Rauxel steht da, vielleicht lebt er ja noch immer dort. Das lässt sich bestimmt rausfinden!»

«Ich weiß auch schon wie!»

Ottilie steuerte auf den großen Schreibtisch des Käpt'ns zu und nahm eines der Telefonbücher zur Hand. Nach kurzem Blättern tippte sie mit dem Zeigefinger auf eine Nummer:

«Da!»

Oskar spitzte die Ohren und versuchte zu verstehen, mit wem sie dann wenig später sprach.

«Ja, einen schönen guten Tag, hier spricht Ottilie von Ottenstein. Ich habe eine Frage ... Nein, es geht um einen Artikel. Die Redaktion? Ja, ich warte. ... Ja, Ottenstein hier. Guten Tag. Ich habe eine Frage für ein Schulreferat. Sagt Ihnen der Name Raketen-Paule etwas? Ja, genau! Wissen Sie, wo er lebt und ob er noch fliegt? Wo?

Echt? Ja. Ach so. Kenne ich, natürlich. Warten Sie, das muss ich mir aufschreiben, sonst vergesse ich noch die Hälfte.»

Ottilie sah sich suchend nach Papier und Stift um und notierte dann mit eingeklemmtem Telefonhörer eine Anschrift.

«Vielen Dank für Ihre Hilfe!»

Ottilie legte auf und Oskar nickte anerkennend mit dem Kopf:

«Gute Idee!»

«Zeitungsleute wissen fast alles, sagt mein Vater immer. Also guck hier ...» Sie hielt ihm den Zettel mit der Anschrift unter die Nase, «er lebt nicht mehr in Castrop-Dingsda, sondern hier bei uns. Sein Flugzeug steht in einem Hangar am alten Flughafen. Ziemlich weit draußen, Endstation der S 5, dann noch sechs Stationen mit dem Bus.»

«Heute schaffen wir das nicht mehr, aber morgen, gleich nach dem Mittagessen fahren wir da raus. Einverstanden?»

«Klaro!»

Kapitel 3
Besuch bei Raketen-Paule

Obwohl Oskar und Ottilie ihre Sorgen um Käpt'n Oskarson und Professor von Ottenstein mit in den Schlaf nahmen, wachten sie am anderen Morgen mit neuer Zuversicht auf: Sie würden Raketen-Paule ausfindig machen und dann … !

Nach der Schule und einem schnellen Mittagessen in der Villa Maroni zogen sich die beiden warm an und marschierten zur nächstgelegenen S-Bahn-Station. Immerhin anderthalb Stunden dauerte es, bis sie aus dem Bus stiegen, um die letzten hundert Meter bis zum alten Flughafen zu laufen. Von dem früher weitläufigen Gelände mit einem Dutzend Start- und Landebahnen, waren gerade mal zwei von Unkraut gesäumte holprige Asphaltpisten übrig geblieben. Der Tower war eine Ruine, die von einem Schwarm Nebelkrähen bewohnt wurde, und von den vielen Hangars und allen anderen Gebäuden war nur noch eine einzige gewölbte Halle übrig, deren rußig schwarze Ziegel an vielen Stellen zu bröckeln begannen.

Den Kindern war ein wenig mulmig zumute und Oskar bedauerte mehr als einmal, dass sie ohne den Großen Och losgefahren waren. Immerhin hörten sie schon von weitem das Schlagen eines Hammers auf Metall: irgendwer war also da und würde ihnen bei der Suche nach Raketen-Paule helfen können! Außerdem stand das große Schiebetor des Hangars einen Spaltbreit offen.

Doch bevor sie in die Halle treten konnten, schoss etwas schwarzes Kleines kläffend und knurrend heraus. Ein Hund! Oskar und Ottilie fuhr der Schreck in alle Glieder und sie nahmen sich unwillkürlich an die Hand. Während die Kinder mit angehaltenem Atem stehen blieben und sich nicht zu bewegen wagten, sprang der struppige Mischling wie ein Flummi an ihnen hoch und runter und führte einen Tanz auf, den sie unter anderen Umständen bestimmt ziemlich witzig gefunden hätten.

Dann hörten sie einen durchdringenden Pfiff und sofort darauf die knurrige Stimme eines Mannes, der irgendetwas im Mund haben musste:

«Richthofen! Lass gefälligst die Krähen in Ruhe und komm wieder rein.»

Im nächsten Moment schob sich zuerst der wuschelige schmutziggraue Kopf eines alten Mannes durch den Spalt und gleich darauf der Rest der mageren Gestalt.

«Nanü? Besuch? Wollt ihr zwei beiden zu mir oder habt ihr euch nur verlaufen?»

Oskar und Ottilie bekamen den Mund nicht auf, sie starrten nur auf den Mann im öligen Fliegeroverall, aus dessen Runzelgesicht ein kalter Zigarrenstummel hervorguckte.

«Nu, seid ihr taubstumm oder was?»

«Nein. Nein. Sind wir nicht. Sind Sie zufällig Raketen-Paule, der berühmte Flieger?»

«Na, na, mein Jungchen, nicht gleich übertreiben. Ich war mal bekannt. Ein bisschen, aber das ist schon so was von lange her...!»

Der Pilot sah verlegen zu Boden. Insgeheim aber freute er sich doch.

«Wollt ihr reinkommen und der alten Dame mal Guten Tag sagen? Ich hab ihr gerade mit dem Hammer ein Paar Dellen ausgebeult.»

Ottilie machte ein verdutztes Gesicht, wagte jedoch nicht nachzufragen, wen Raketen-Paule wohl mit der «Dame» gemeint hatte. Sie folgten dem stark hinkenden Piloten in den Hangar, konnten aber in dem dämmrigen Licht nicht gleich erkennen, was sich darin befand. Erst allmählich wurden die Umrisse des Flugzeugs deutlich, das Oskar und Ottilie schon aus dem Zeitungsartikel kannten.

«Hat schon ein paar Falten und graue Haare, aber ‹Tantchen Ju› ist noch so zuverlässig wie vor Jahr und Tag.»

Ottilie stieß Oskar mit dem Ellbogen in die Seite.

«Äh. Was ich fragen ... . Können Sie damit auch noch bis Südamerika fliegen?»

«Um die ganze Welt, wenn ich will. Nur tanken muss ich schon hin und wieder! Schön wär's jedenfalls, denn in letzter Zeit hab' ich mich auf ein paar Rundflüge im Monat beschränken müssen.»

«Würden Sie uns nach Venezuela fliegen?»

Raketen-Paule nahm die Kinder genauer in den Blick.

«Euch zwei, nach Venezuela? Wollt ihr 'nen alten Mann auf die Schippe nehmen?»

«Nein. Wirklich nicht, aber Oskars Großonkel ist in Gefahr und wir müssen ihn retten!»

Ottilies Augen funkelten. Der Flieger schob seine Kappe in den Nacken und kratzte sich den Kopf.

«Kann es sein, dass ich seinen Großonkel kenne? Und dass ihr nicht ganz zufällig grade bei mir gelandet seid?»

Die Kinder nickten.

«Kann es sein, dass sein Großonkel auch Oskar heißt, und zwar vorne und hinten? Und dass er Käpt'n zur See ist und ein Kerl wie ein Mastbaum?»

«Mmh!»

«Potztausend. Was habt ihr gesagt, retten? Mein alter Freund ist doch wohl nicht in ernster Gefahr?»

Als Raketen-Paule Oskar und Ottilie wieder nicken sah, rückte er drei alte, wacklige Stühle zusammen, hockte sich rittlings auf einen von ihnen und forderte seine Besucher auf, ausführlich zu erzählen, was sie wussten.

Während die Kinder abwechselnd vom Großen Och, von der Goldenen Nuss, der Expedition der drei Männer, dem Telegramm Salinos und dem Plan von Oskars Mutter, die Behörden und einen Detektiv einzuschalten, erzählten, ließ der Pilot von Zeit zu Zeit Worte des Erstaunens hören.

«Nein, so was! – Ja isses denn wohl möglich? – Der alte Draufgänger! – Ja, hol diese Piraten doch der Klabautermann!»

Am Ende schwiegen die drei eine ganze Zeit. Oskar und Ottilie in gespannter Erwartung, was der alte Mann tun würde, und Raketen-Paule in Gedanken versunken.

«Nun, Kinners, es ist gar keine Frage, dass ich meinem Freund helfen werde. Nur: was machen wir mit deiner Mutter? Ihr könnt doch nicht einfach so, ohne ein Wort zu sagen, nach Südamerika fliegen.»

Er sah ihnen in ihre blitzenden Augen.

«O.K., ich sehe, ihr könnt! Nur: wir brauchen Geld. Für einen

Co-Piloten, für Flugbenzin, Landegebühren, Proviant und Ausrüstung. Eine Reise in den Amazonasdschungel ist kein Sonntagsausflug! Mit mir könnt ihr da unten übrigens nicht rechnen, also braucht ihr neben Salino und diesem Igor noch den einen oder anderen erwachsenen Begleiter. Einheimische Führer und so. Das alles kostet 'ne Stange Geld.»

Oskar und Ottilie antworteten fast gleichzeitig und fielen einander immer wieder ins Wort.

«Geld ist kein Problem!», log Oskar, er hoffte insgeheim darauf, dass sich mit Hilfe des Großen Och eine Lösung dafür finden würde.

«Ja, Oskar ist der Erbe vom Käpt'n, und wenn er sagt, dass das Geld für seine Rettung gebraucht wird, geht das klar.»

«So, so. Na, klingt ganz so, als könntet ihr Recht haben!»

«Ja! Und wenn ich Mamadou frage, ob er uns an den Amazonas begleitet, kommt er bestimmt mit ...»

«Wissen Sie, Mamadou ist der Tierpfleger im Löwenhaus, also im Haus von Ottilies Vater. Er wird bestimmt mithelfen, Professor von Ottenstein zu befreien.»

«Er war schon oft mit meinem Vater im Urwald. Auch am Amazonas. Wenn er dabei ist, kann uns nichts passieren!»

«Wenn ihr's sagt. Wann soll's denn losgehen?»

Man sah dem schmächtigen Piloten an, dass ihm der Gedanke an einen Überseeflug Spaß zu machen begann.

«Morgen!», rief Ottilie.

«Immer langsam mit den jungen Pferden. Auch wenn ich von früher noch ein paar gute Kontakte habe, drei bis vier Tage werden wir für die Vorbereitungen schon brauchen.»

Kapitel 4
Über den Wolken

Tatsächlich dauerte es noch eine ganze Woche, ehe Flugzeug und Ausrüstung vorbereitet waren. Der Große Och hatte sich wieder einmal als Stimmimitator betätigt und in Katharina Uhlenbrocks singendem Tonfall bei Käpt'n Oskarsons Hausbank angerufen. Den angeforderten Scheck für Raketen-Paule hatte Bankdirektor Petersen persönlich zur Villa Maroni gebracht. Oskar, der zur verabredeten Zeit am Fenster lauerte, war zur Tür gerannt, noch ehe Petersen hatte klingeln können.

«Guten Tag, Herr Direktor Petersen!»

«Guten Tag ...?»

«Ach so: Ich bin Oskar Uhlenbrock! Es tut mir Leid, aber meine Mama hat fürchterliche Kopfschmerzen und musste sich hinlegen. Ich soll Ihnen diese Flasche Wein als Dank für Ihre Mühe geben und den Brief in Empfang nehmen, den Sie vorbereitet haben.»

Direktor Petersen nahm die wertvolle alte Flasche aus Käpt'n Oskarsons Weinkeller entgegen und war sichtlich geschmeichelt:

«Das wäre aber doch nicht nötig gewesen! Sag deiner Frau Mama, dass es mir Leid tut und dass ich ihr gute Besserung wünsche. Auf Wiedersehen, mein Junge.»

«Auf Wiedersehen. Kommen Sie gut nach Hause.»

Das Gespräch mit Mamadou war kurz und verlief wie erwartet. Als er die Pläne der Kinder gehört hatte, blickte er ihnen fest in die Augen und sagte nur einen einzigen Satz:

«Mamadou wird sein bereit!»

Natürlich wollte auch der Große Och mitkommen, selbst wenn er schon jetzt mit Grausen an die schwüle Gluthitze des Dschungels denken musste.

Die Tage bis zu ihrer Abreise waren so mit Arbeiten angefüllt, dass Oskar und Ottilie kaum je an die Gefahren der Reise oder an die Sorgen der Zurückbleibenden dachten. Und dass sie einige Wochen, wenn nicht Monate die Schule schwänzen würden – das kam ihnen schon überhaupt nicht in den Sinn.

Der heimliche Aufbruch war auf einen Dienstagnachmittag festgelegt worden. Oskar und Ottilie gingen von der Schule erst gar nicht mehr nach Hause. Im Löwenhaus glaubte man, Ottilie würde in der Villa Maroni zu Mittag essen, Hausaufgaben machen und erst am Abend zurück sein. Und in der Villa Maroni war es genau umgekehrt.

Obwohl die Fahrt hinaus zum alten Flughafen nicht länger dauerte als beim ersten Mal, hatten Oskar und Ottilie das Gefühl, sie kämen nie dort an. Im Bus setzten sie sich in die letzte Reihe und schauten immer wieder hinter sich. Jeden Moment rechneten sie mit James' alter schwarzer Limousine oder gar mit einem Polizeiwagen, der den Bus zum Halten zwingen würde. Doch nichts von alledem geschah.

Schon von weitem sahen sie die alte «Tante Ju». Nicht wie sonst im Dämmerlicht des Hangars, sondern, von der gleißenden Wintersonne angestrahlt, frei auf dem Rollfeld, bereit zu einem ganz besonderen Flug.

Die letzten hundert Meter bis zum Flugzeug rannten die beiden Kinder. Ganz außer Atem standen sie schließlich vor Raketen-Paule und seinem Co-Piloten, einem schweigsamen, glatzköpfigen Mann. Auch Mamadou war bereits dort.

«Nanü. Ist ein Hund hinter euch her? Oder glaubt ihr etwa, die alte Tante würde ohne euch nach Caracas losflieg'n?»

«Nein, püh, aber wir konnten es nicht mehr, püh, aushalten ...!»

Ottilie stand da, halb in der Hocke, die Hände in die Hüften gestemmt und schnappte noch immer nach Luft.

«Nu kommt man erst mal mit an Bord. Hier steht noch eurer Handgepäck: mitnehmen. In den Laderaum packen. Hinsetzen. Anschnallen!»

Oskar und Ottilie taten, wie ihnen geheißen. Als sie dann endlich gut verschnürt in ihren Sitzen saßen und auf das Brummen der Motoren warteten, wurde ihnen zum ersten Mal die Ungeheuerlichkeit ihres Planes deutlich. Sie sahen einander betroffen an.

«Ottilie?»

«Ja?»

«Ich hab' Angst!»

«Ich auch!»

«Und was jetzt?»

«Wir können nicht mehr zurück – oder?»

Oskar zögerte und stellte sich einen Moment lang vor, wie seine Mutter den Brief, den ihr der nichts ahnende James nach dem Abendbrot geben sollte, öffnen und lesen würde. Darin hatte er in knappen Worten alles Nötige erklärt. Oskar fing auf einmal an zu zittern.

«Gleich schnallt er sich ab und steigt aus», dachte Ottilie und war insgeheim fast froh darüber. In diesem Moment hörten sie

aber einen lauten Schnarcher aus der Ecke des Flugzeugs, in der sich der Große Och auf einem Berg von Fallschirmseide gemütlich eingerichtet hatte. Als Oskar den Kopf nach hinten wendete, sah er Mamadous ruhigen Blick auf sich gerichtet. Das gab den Ausschlag.

«Ottilie, wir müssen sie finden. Und wenn Mamadou und der Große Och uns helfen, werden wir das auch schaffen!»

«Natürlich!»

Ottilie ballte die Fäuste, stampfte mit dem Fuß auf und es schien fast so, als hätten Oskars Worte das Feuer ihrer zornigen Augen wieder angezündet.

«Wir müssen meinen Vater und den Käpt'n befreien – alles andere ist nicht mehr wichtig. Warum fliegt Raketen-Paule eigentlich nicht los?»

Im selben Moment ging ein Ruck durch die Maschine und die drei Propeller sprangen an. Raketen-Paule zog das Flugzeug bis an den Anfang der Rollbahn, drehte gegen den Wind und stellte den Gashebel auf vollen Schub. Im Cockpit hörten sie das freudige Gebell von Richthofen, der es offensichtlich genoss zu fliegen. Nach wenigen hundert Metern war die alte «Tante Ju» im Steilflug gen Himmel und auf dem Weg nach Südamerika!

Ihr erstes Ziel war Dublin, wo sie auftanken mussten, danach ging es weiter bis Neufundland. Das Wetter meinte es gut mit ihnen. Die Luft war klar, der Himmel fast wolkenlos – man konnte auf dem Wasser einzelne Schiffe erkennen und bei den alten Dampfern sogar die weißen Wolken, die die Schiffe durch ihre hohen Schornsteine in den Himmel pufften.

Später, über dem Atlantik, zog sich der Himmel unter ihnen zu und statt auf das grünblaue Meer blickten sie auf die vom Sonnenlicht angestrahlten schneeweißen Wolkenkissen hinunter, die aussahen, als könne man sich in ihnen zur Ruhe legen.

Die Kinder genossen den Flug – für Oskar war es der allererste überhaupt. Nachdem er die Gedanken an seine Mutter und die heimliche Flucht vorerst vergessen hatte, nahm er jede Einzelheit in sich auf. Doch auch Ottilie, die mit ihrem Vater schon zweimal nach Afrika geflogen war, war von der großen, brummigen Propellermaschine sehr beeindruckt. Vor allem als Raketen-Paule die beiden ins Cockpit rief und ihnen die Hebel, Schalter, Instrumente und Anzeigen erklärte, waren die Kinder Feuer und Flamme. Von dort vorne hatte man einen einzigartigen Blick in alle Richtungen. Eine Weile durften sie sogar das Steuer in die Hände nehmen und das Flugzeug selber lenken.

Je näher sie der Küste von Neufundland kamen, desto winterlicher wurde es. Große Eisplatten trieben auf dem Meer und einige Buchten waren fast vollständig zugefroren. An einen längeren Aufenthalt an Land war gar nicht zu denken, dazu waren sie viel zu dünn angezogen – schließlich befanden sie sich auf dem Weg in die Tropen, wer hatte da schon an den Winter in Nordamerika gedacht!

Auch am nächsten Tag war es nicht viel anders. Ihr Ziel war New York. Das Land unter ihnen lag überall weiß verschneit, denn am frühen Morgen war über die Ostküste ein Blizzard gefegt, dessen Ausläufer sie noch zu spüren bekamen. Vor allem Oskar und Mamadou wurde es von dem Geschaukel und den plötzlichen Luftlöchern so übel, dass sie einander die Klinke zur Toilette in die Hand gaben.

Kapitel 5
Wiedersehen in Caracas

«Sag mal ... », Oskar, der sich bibbernd in eine Wolldecke geschlagen hatte, als sie am nächsten Morgen in aller Herrgottsfrühe New York verließen, tippte Raketen-Paule auf die Schulter, «... fliegen wir wirklich in die Tropen?»

«Glaubst wohl, ich hätt' mein Geschäft verlernt, nur weil ich nich' mehr aus der Stadt rausgekommen bin? Schlaf mal 'n bisschen. Wirst schon sehen. Spätestens beim Auftanken in Miami kannste dein T-Shirt rausholen. Und in Caracas ... Ich glaub', du wirst schon ziemlich bald von Schnee und Eis träumen. Wart's ab!»

Oskar war skeptisch, setzte sich aber wieder hin und wurde tatsächlich schon bald danach vom gleichmäßigen Brummen der Maschine in den Schlaf geschaukelt.

Als sie nach über zehn Stunden Flug endlich in Caracas ankamen, musste Oskar ziemlich bald einsehen, wie recht Raketen-Paule am Morgen gehabt hatte. Nachdem nämlich die alte Tante Ju endlich zur Ruhe gekommen war und der Pilot die Außentür entriegelt und geöffnet hatte, traf sie die von draußen hereinschwappende Hitze wie ein Hammerschlag.

«Oh Gott ... », sagte Oskar, «bestimmt gibt's gleich ein Gewitter, so schwül ist das hier!»

Mamadou grinste.

«Gewitter kommt oder kommt nicht, aber Hitze und Schwitzen bleibt. Im Dschungel wird richtig schlimm, auch für Mamadou.»

Inzwischen hatte sich auch der Große Och aufgerappelt, der beinahe unmittelbar nach ihrem Start eingeschlafen war. Jetzt stand

er mit schweren Augenlidern und unter andauerndem Gähnen bei ihnen.

«Was soll ich erst sagen! Ich bin für eine Höhle in Maine gemacht, für Schnee im Winter. Für einen kühlen Herbst. Einen milden Frühling. Und einen kurzen Sommer. Aber nicht für so was hier! Und jetzt soll ich auch noch den Mantel und die Perücke vom Ollen Paulsen anziehen. Aber was tut man nicht alles für einen guten, richtigen, echten, besonderen, besten Freund!»

Das war das Stichwort. Sie dachten an die Gefangenen und beeilten sich, die Gangway hinunter zu kommen. Raketen-Paule, der bisher mit seinem kalten Zigarrenstummel im Mundwinkel geschwiegen hatte, gab knurrend ein paar Anweisungen, während er, von Richthofen umtanzt, zielsicher auf den Abfertigungsterminal für die Privatflieger zuschritt.

«Lasst mich reden. Die Leutchen hier sind ein wenig umständlich. Aber wenn man die richtige Sprache spricht ... », er machte mit drei Fingern das überall bekannte Zeichen für Bargeld, «dann fragt dich nachher keiner mehr, warum du zwei Babys mit an Bord deiner ‹Tante Ju› hast, und den Pelz vom Ollen Paulsen wird dann bestimmt auch niemand näher unter die Lupe nehmen wollen.»

Und genau so war es auch. Eine Stunde später irrten sie schon an den Hafendocks umher und versuchten zwischen all den großen Handelsschiffen die zierliche «Makadamia» zu erspähen. Doch es kam anders. Denn als sie gerade wieder einmal vergeblich einen Kai entlanggelaufen und auf die asphaltierte Hauptstraße des Hafens eingebogen waren, erklang hinter ihnen so etwas wie ein Trompetenstoß der Freude:

«Oskar, Ottilie, Mamadou! Käpt'n Paulsen!»

Fast gleichzeitig drehten sich alle herum.

«Salino!»

Ein paar Minuten lang herrschte ein wirres Durcheinander von Fragen, Antworten und erstaunten Ausrufen. Salino konnte sein Glück kaum fassen. Er hatte die ganze letzte Zeit allein auf der «Makadamia» ausgeharrt, während Igor Alexandrowitsch sich bemühte, eine Hilfsexpedition zur Rettung der Entführten zusammenzustellen. Als sich alle ein wenig beruhigt hatten, brachte der Junge sie zur «Makadamia», die am Ende eines langen Piers, von einem Riesencontainerschiff vollständig verdeckt, ankerte – ohne Salino hätten sie vermutlich noch den halben Tag nach ihr gesucht.

Während Mamadou eine Mahlzeit für sie zubereitete, erzählte ihnen Salino, was mit Käpt'n Oskarson und Professor von Ottenstein geschehen war. Demnach hatten der Käpt'n, Ottenstein und Igor schon über eine Woche am Fuß des Berges gelagert, auf dem die Goldene Nuss wachsen musste, als sie wieder einmal das Dorf des Yanomani-Häuptlings Himotoma besuchten. Dort hörten sie vom Besuch zweier Weißer, die mit Glasperlen und anderem billigen Trödel gekommen waren, um bei den Indianern Gold dagegen einzutauschen. Als die Fremden allerdings von Oskar Oskarsons Expedition erfuhren, verschwanden sie so schnell, wie sie gekommen waren.

Igor wurde daraufhin misstrauisch, während der Käpt'n und Professor von Ottenstein die Angelegenheit nicht weiter wichtig nahmen. Immerhin beschlossen sie, abwechselnd Nachtwache zu halten, was sie zunächst auch taten. Allmählich aber ließ ihre Wachsamkeit nach, vor allem Käpt'n Oskarson fand Igors Vorsicht überflüssig.

Oskar, der Salino bis dahin atemlos zugehört hatte, sah die Szene ganz deutlich vor sich:

«Wir brauchen unseren Schlaf Kinners. Was haben wir schon groß zu fürchten. Die Kerle wollten den Yanomani wertlosen Plunder andrehen und hatten bestimmt mehr Angst vor uns als wir vor ihnen.»

Doch es kam anders. Denn als sie am nächsten Tag ihr Lager verlassen hatten und auf gewohntem Weg losmarschierten, stürzten sie unversehens in eine Falle: eine gut getarnte Grube mit glatten, lehmigen Wänden, aus der es kein Entkommen gab. Einige Zeit später hörten sie die Stimmen zweier Männer, die sich der Falle näherten.

«Mir scheint, wir haben ein paar prächtige Wildschweine gefangen, was, Otto, woll'n doch mal nachsehen!»

Im nächsten Moment tauchten zwei unrasierte, hämisch grinsende Gesichter am Rand der Grube auf. Zu den Gesichtern gehörten auch Hände und darin waren Pistolen, die auf den Käpt'n, Professor von Ottenstein und Igor gerichtet waren.

Danach ging alles sehr schnell. Die beiden Halunken stellten eine Leiter ins Loch, ließen die Eingeschlossenen einzeln herausklettern, legten ihnen gleich darauf Handfesseln an und banden sie aneinander. Danach trieben sie ihre drei Gefangenen wie Vieh vor sich her, immer tiefer in den Dschungel. Am Abend wurden der Käpt'n und seine Freunde angebunden, während es sich die beiden um ein Feuer gemütlich machten.

«So! Und jetzt erzählt ihr drei Hübschen uns einmal ganz brav, wo eure Goldschätze vergraben sind!»

«Goldschätze?», hatte der Käpt'n ausgerufen und die beiden verdutzten Männer dabei mit dröhnender Stimme gehörig ausgelacht. «Was für Goldschätze denn? Wer hat euch denn das Seemannsgarn aufgebunden?»

«Ihr glaubt wohl, wir sind blöd, was? Wir haben euch in den letzten Tagen belauscht! Mehr als einmal habt ihr von Gold gesprochen.»

Wieder musste der Käpt'n lachen.

«Gold. Natürlich Gold. Wir suchen die Goldene Nuss, von der bisher nur ein paar goldfarbene Schalen gefunden wurden. Aber versuch mal, damit einkaufen zu gehen, da lacht dich der Krämer aus und jagt dich aus seinem Laden. Hier, greift mir nur in die Tasche und schaut sie euch an!»

Doch wie sehr Oskar Oskarson auch über die Dummheit der beiden schimpfte – die Gauner waren durch nichts davon abzubringen, dass eine solch beschwerliche Expedition nur eines zum Ziel haben konnte: Gold, oder wenigstens Edelsteine, jedenfalls etwas, das viel wertvoller sein musste als die paar Nussschalen, mit denen sie abgelenkt werden sollten.

«Und stellt euch vor ... », empört beendete Salino seine Erzählung, «sie haben sie nicht wieder laufen lassen, sondern noch tiefer in den Dschungel verschleppt. Zuerst den Käpt'n, dann den Professor. Nur Igor nicht! Denn Kaobawa, sein Yanomani-Blutsbruder, hat ihn entdeckt und befreit. Drei Tage und Nächte haben sie auf die Rückkehr der Schurken gewartet, aber keiner der beiden ließ sich blicken. Weiß der Teufel, wie sie Wind von Igors Befreiung bekommen hatten. Igor ist dann zurück zur ‹Makadamia› und ich hab' das Telegramm zur Villa Maroni geschickt. Na ja, und nun seid ihr ja wirklich hier – zum Glück!»

In dem Moment, da Salino seine Geschichte beendet hatte, wummerte es dumpf und furchtbar laut an die Kajütentür.

Im nächsten Moment polterte ein stämmiger, wettergegerbter Mann herein, von dem man zunächst nicht viel mehr als einen tief in die Stirn geschobenen Lederhut sah, an dem eine lange Schnur mit verschiedenen bunten Papageienfedern geknotet war.

«Charascho, Djeti, guut, dass ist kommen Hilf'. Bin ich Igor, bin ich sähr erfroit!»

Das allgemeine Hallo war unbeschreiblich. Als die Kinder den expeditionserfahrenen Taigajäger sahen, waren sie ungemein erleichtert: an seiner Seite würden sie bestimmt sicher durch den Amazonasurwald gelangen! Auch Raketen-Paule sah so aus, als ob der Mann mit dem goldenen Ohrring und der langen Flinte nach seiner Art wäre. Und sogar Richthofen stimmte laut bellend in die allgemeine Unruhe mit ein. Dabei sprang er immerzu an der dreckstarrenden, befransten Lederhose Igors hoch, die so wunderbar nach Raubkatze, Tapir und Goldhase roch, dass der kleine Mischling sich am liebsten ein Stück davon herausgebissen hätte.

Dann erzählte Igor, was er in der Zwischenzeit ausgerichtet hatte, denn die Vorbereitungen für eine Rettungsexpedition waren getroffen: In San Carlos, einem kleinen Städtchen am Rio Negro, warteten zwei große Einbäume mit starken Außenbordmotoren auf sie. Chimo, vom Stamme der Baré, und der Cujapaco-Indianer Pablo sollten die Boote steuern. In ein paar Tagen würden sie damit zuerst den großen Schwarzen Fluss hinauffahren, um dann über den Pasimoni, den Baria und den Rio Canabari ins Innere des Amazonasdschungels vorzudringen. Mit ein bisschen Glück konnten sie es in einer guten Woche bis zum Bootsversteck der ersten Expedition schaffen.

«Dann wir gähän vier odär fünf Tagä zu Fuß durch Urwaldschungäll. Und schon wir sind bei Shabono-Dorf von Yanomani-Freunde. Dort warten Blutsbruder Kaobawa. Gutär Freind! Igor Alexandrowitsch ihm hat gerettet Läbän, als grrroße Schlange Anakonda ihn wollte machen zerquätscht!»

Kapitel 6
Ein Schweizer im Dschungel

Schon drei Tage nach ihrem Zusammentreffen auf der «Makadamia» war es so weit! Raketen-Paule hatte sie bis San Carlos geflogen, wollte aber noch am selben Tag zurück nach Caracas. Oskar bearbeitete ihn bis zuletzt:

«Willst du nicht doch mit uns kommen?»

Aber der Pilot lehnte dankend ab:

«Auch wenn ich nur eine halbe Portion bin, hab' ich keine Lust das zweite Frühstück von einem Jaguar zu werden. Oder von einer Anakonda. Und als Zielscheibe für Lanzenottern, Riesen-Vogelspinnen oder Zitteraale fühl' ich mich einfach zu alt! Fahrt nur los. Wenn ihr den Käpt'n befreit habt, marschiert einfach zur nächsten Telefonzelle, ruft ein Taxi und lasst euch zum Flughafen bringen – es wird mir und der alten Tante Ju dann ein Vergnügen sein, euch nach Hause zu fliegen. Adios!»

Raketen-Paule klang übertrieben witzig und lässig. Dann wandte er sich, ohne weitere Antworten abzuwarten, um, lief ein paar Meter zu der buckeligen Urwaldstartbahn und kletterte in das Cockpit seiner geliebten Maschine.

«Kommt bloß alle gesund wieder!»

Die letzten Worte murmelte der alte Pilot unhörbar, während er sich eine Träne aus dem Gesicht wischte.

«Und bringt mir um Himmels willen meinen guten Oskar Oskarson mit!»

Während also Raketen-Paule mit seiner «Tante Ju» in Richtung Caracas unterwegs war, saßen Oskar und Ottilie, Mamadou, Igor

Alexandrowitsch und der Große Och mit Chimo und Pablo in den beiden langen Holzbooten und durchpflügten die tintenschwarzen Fluten des Rio Negro. Noch konnten sich die Kinder überhaupt nicht vorstellen, dass ihre Expedition anstrengend oder gar gefährlich sein würde. Der Rio Negro war hier breiter als der größte See, den sie kannten. Die Urwaldbäume waren unvorstellbar hoch, machten aber am Ufer vor der Kraft des fließenden Wassers halt. Morgens und abends wehte eine frische Brise und der Himmel wurde von Schwärmen majestätischer Silberreiher oder dem schaukelnden Flug der vielen verschiedenen Papageien durchzogen, an deren Schönheit sich die Kinder nicht satt sehen konnten.

Auch der Pasimoni war noch breit und sein Wasser tief. Erst als sie in den Baria einbogen, bekam die Reisegesellschaft eine Vorstellung von dem, was sie im innersten Dschungel erwarten würde. Die Ufer des Flüsschens rückten jetzt so nahe zusammen, dass man die Bäume und Sträucher rechts und links deutlich erkennen konnte. An manchen Stellen, wenn einer der großen Baumriesen altersschwach niedergebrochen war und beide Flussufer miteinander verband, fuhren sie flach in die Boote gedrückt unter einem Gewirr von Lianen, Moosen und Bromelien hindurch. Dann sahen sie sich auf einmal Auge in Auge einem überraschten Leguan oder einem seidigen Kapuzineräffchen gegenüber. Und wenn sie Pech hatten, fielen Wespen über sie her, die ihr Nest von dem nahe vorbeifahrenden Boot bedroht fühlten. Oder eine der großen Veitrecuro-Ameisen verirrte sich auf die Schulter eines Bootsinsassen und biss mit ihren kräftigen Kiefernzangen zu – ein Schmerz, von dem man mehr als einen Tag etwas hatte.

Richtig unangenehm wurde es vor allem am Abend und in der Nacht. Denn dann mussten sie an Land gehen und einen Platz für ihre Zelte und Hängematten vorbereiten. Vor allem Oskar gewöhnte sich nur ganz langsam an all das Krabbelgetier um ihn herum – von den großen Raubtieren, die er hinter jedem Blatt und Baumstamm vermutete, ganz zu schweigen.

Zum Glück konnten sie sich auf die Indianer und auf Igor Alexandrowitsch verlassen. Ganz gleich, ob Schlangen oder Skorpione, Feuerameisen oder Spinnen – sie kannten die Tücken des Dschungels und achteten sehr darauf, dass den Amazonas-Greenhorns nichts geschah.

Auch wenn die geheimnisvollen und oft Furcht erregenden nächtlichen Geräusche des Urwalds erklangen – Schreien und Krächzen, Jaulen und Brüllen – war es gut, erfahrene Begleiter zu haben, die bei jeder Stimme wussten, zu wem sie gehörte!

Am fünften Tag der Reise kam die Expeditionsgesellschaft am späten Nachmittag an einer kleinen Insel vorbei, die mitten in einer stillen, seeähnlich verbreiterten Bucht des Baria-Flüsschens lag. Ottilie und Oskar unterhielten sich gerade über die Piranhas, die hier in allen Flüssen zu Hunderten und Tausenden lebten und deren über dem Lagerfeuer gegrilltes Fleisch sie nun schon seit Tagen aßen, als plötzlich Pablo den Zeigefinger vor den Mund legte:

«Pssst! Pablo hat gehört: Auf Insel ist eine Mensch. Vielleicht sein Gefahr!»

Auch Igor hatte seine lange Flinte schon im Anschlag und blickte angestrengt suchend durch sein Fernglas. Auf einmal hörten sie es alle:

«Vo Luzärn uf Wägis zue, di hol-di-ri-di-a, hol-di-ri-o,
brucht me währli keini Schueh, di hol-di-ri-di-a, hol-di-ri-o,
Me fahrt es bitzeli über e See, di hol-dir-ri ... »

Eine Männerstimme sang!

«Es klingt wie ein Lied bei uns zu Hause. Aber ich versteh' trotzdem kein Wort!», sagte Ottilie, die fasziniert war von dem schönen Lied, das jemand mit einem vollklingenden Bariton sang.

«Hallo, ist da jemand?»

Oskar hatte sich aufgerichtet, seine Hände zu einem Trichter geformt und laut gerufen.

«Jo, grüezi metenand! Ist meine Fläschepost endli' anchomme?»

Zwischen den Sträuchern und Lianen des Ufers tauchte ein Gesicht auf, das von einem üppigen Vollbart und lang wallenden, lockigen grauen Haaren eingerahmt war. Von seiner Schulter schaute ein ganz junger Wollaffe den Bootsinsassen neugierig entgegen, während er sich am Kopf kratzte.

«Nein», antwortete Oskar, «wir haben keine Flaschenpost gefunden. Wir sind auf einer Expedition und kommen zufällig hier vorbei.»

«Jowas? Eine Kinderexpedition? Das hab' ech jo noch nie gseh'. Noch mal: Grüezi metenand. Mein Name ist Nüssli.»

«Nüssli?» Der Große Och war hellhörig geworden. «Ein sympathischer Name!»

«Sind Sie Schweizer?», fragte Ottilie.

«Jo, mein Mäiteli. Ech bin von Luzern.»

«Und was machen Sie hier ganz allein auf einer winzigen Insel im Amazonasdschungel?»

«Uf Hilfe warte'!»

«Was ist denn passiert?»

«Ich bin Amateur-Ornitholog' ...»

«Was ist denn ein Ametör-Ornitolol ... ?»

«Ein Vogelliebhaber! Ech war auf der Suche nach dem Schopfhokko ...»

«Nach was?»

«Schopfhokko! Ein sältene Vogel, der aussieht wie ein Huhn. Zwei weiße Jäger hatten versproche', mich zu einer Insel zu bringen, wo der Hokko brütet. Doch als wir hier ankamen, haben sie mich an Land geschubst und mer nur einen Chocher, eine Zeltplane, eine Angelruete und mein Schachspiel dagelasse'. Meine teure Fotoausrüstung, meine goldig Uhr, den Proviant für vier Woche' und vor allem mein ganzes Bargeld hends einfach mitgenomme'. Während sie langsam von de' Insel wegg'fahre sind, hat mir einer von ihnen höhnisch nochegrüeft: ‹Tschüss Dickerchen, so ein Inselaufenthalt ohne Dosenfutter und Rüeblitorte ist gut für die Figur! Spätestens in einem Monat kommen hier die nächsten Jäger vorbei, bis dann hast du jede Menge Zeit, deine Vögel zu beobachten oder mit dir selber Schach zu spielen!› Dann sind's lachend verschwonde! Gott sei Dank ist mir wenigschstens das kleine witzige Kerlchen hier zug'laufe', es red't zwar nicht, kann aber umso besser zuhöre'!»

«Charascho. Nun sein da: Igor Alexandrowitsch Oppotonopotow mit Hilfsexpädition. Wir wärdän sie nähmän mit uns. Aberr nicht zu Siedlung San Carlos. Wir gähän nach Grenze Brasiliän und weitär zu Yanomani-Indianer und wir werdän suchän meine Freund, Kaptan Oskar Oskarowitsch.»

«Oh, das esch mer ganz gleich. Selbst wenn Sie zum Mittelpunkt von de Welt würdet reise' – Hauptsach' fort von dere Insel!»

Kapitel 7
Nüssefische, Brüllaffen und Moskitos

In den nächsten Tagen wurde die Fahrt immer beschwerlicher. Die Ufer des Rio Canabari rückten enger und enger zusammen, immer häufiger verhinderten umgefallene Bäume die schnelle Durchfahrt. Die Außenborder hatten sie schon lange ausgeschaltet, nur langsames Rudern war sicher genug, um gefahrlos durch Untiefen und an spitzen Ästen vorbeizusteuern.

Schon längst waren die Baumkronen über ihnen so eng zusammengewachsen, dass kaum noch ein Stück des blauen Himmels zu sehen war. Unten auf dem Wasser und im Dschungel ringsum herrschte tiefes Dämmerdunkel.

«Kann mal einer das Licht anmachen?» Oskar ging die Dunkelheit schon nach einem Tag auf die Nerven. «Man weiß ja gar nicht mehr, ob es Morgen ist oder Abend.»

Doch auch er gewöhnte sich allmählich daran. Die schwüle, feuchte Hitze dagegen und die häufigen Regenschauer, die sie in Sekundenschnelle bis auf die Haut durchnässten, fanden beide Kinder so unangenehm, dass sie insgeheim mehr als einmal daran dachten, einfach umzukehren. Auch der Große Och stöhnte von Zeit zu Zeit laut auf, vor allem, weil ihm das Lesen, das er auch im Dschungel keinen Tag unterbrechen wollte, im dämmrigen Licht äußerst schwer fiel. Zum Trost griff er dann immer in einen der großen Paranuss-Säcke, von denen er sich ein halbes Dutzend hatte einpacken lassen. Als er einmal aus Versehen eine Nuss über Bord fallen ließ, hörten sie kurz darauf ein laut schnappendes, krachendes Geräusch, das sie überraschte.

«Tampaqui!», lachte Chimo und wies auf den Rücken des großen Fisches, der nun neben dem Boot aufgetaucht war. «Nüssefisch! Hat starke Zähn'. Frisst Nüsse, die von Bäume fallen!»

Der Große Och wurde direkt munter.

«So, so, ein Nüssefisch. Na, du bist mir aber sympathisch, angenehm, nett, liebenswert. Hier ...»

Er warf eine Hand voll Paranüsse ins Wasser und schaute verblüfft zu, wie der schwarze Fisch sie nacheinander in seinem Maul verschwinden ließ, eine nach der anderen knackte und hinunterschlang – «Ich habe ein Haustier!», lachte er und bedauerte im gleichen Moment, dass sie nun bald den Fluss verlassen mussten.

Sie waren jetzt schon zehn Tage unterwegs und die Fahrt mit den Booten wurde immer beschwerlicher, Baum an Baum versperrte die engen Durchfahrten. Irgendwann war es dann klar und Mamadou brachte es mit wenigen Worten auf den Punkt:

«Wasserstraße Ende. Morgen gehen über Land. Jetzt Spaß beginnt richtig!»

Oskar und Ottilie blickten betreten vor sich hin. Wenn schon der geduldige Mamadou mit mulmigen Gefühlen der Dschungelwanderung entgegensah, dann wollten sie gar nicht wissen, was sie von nun an erwarten würde.

Igor dagegen war bester Dinge.

«Nun Gaunär müssän passän auf. Noch einmal Igor wird nicht sein so dumm, wie bei erstä Mal. Drei Tagä. Vier Tagä. Und dann ... !»

Der Taigajäger schlug zur Bekräftigung auf den Schaft seiner langen Flinte. Durch die anderen ging ein Ruck. Alle dachten jetzt wieder daran, für wen sie die Strapazen auf sich nahmen. Wie konnten sie jammern, wenn der Käpt'n und der Professor auf ihre Befreiung warteten?

Während die anderen Männer an diesem Abend das Lager aufschlugen, warfen die beiden Indianer und Igor noch einmal ausgiebig ihre Angeln aus. Sie fingen einen stattlichen Vorrat an Piranhas, deren Fleisch sie rösteten, um es dann in ihren wasserfesten Dosen zu lagern.

Am anderen Morgen war es so weit. Die beiden Einbäume und das überflüssige Gepäck waren sicher versteckt und ihre großen Rucksäcke prallvoll gefüllt. Der beschwerliche Weg durch den dichten Amazonasurwald begann.

An der Spitze der achtköpfigen Gruppe gingen Chimo und Ma-

madou, gefolgt von Oskar, Ottilie und dem Großen Och. Die Nachhut sollten Igor und Pablo bilden, was aber beinahe unmöglich war, denn Herr Nüssli war immer auf der Suche nach seltenen Vögeln und blieb oft so weit zurück, dass von ihm nichts mehr zu sehen und zu hören war. Außerdem war er schon nach wenigen Kilometern mit blauen Flecken übersät, weil er nicht auf die Wurzeln achtete, die den Boden an vielen Stellen überzogen. Ständig stolperte er und fiel hin – doch selbst das schien er kaum zu bemerken.

Oskar und Ottilie gingen in den ersten Stunden ihres Marsches wie auf dünnem Eis. Jeden Moment rechneten sie mit dem Biss einer Giftschlange oder dem Fauchen eines hungrigen Jaguars. Wenn das markerschütternde Geschrei der Brüllaffen erklang oder das Wiiiiii-wiiiii-piiiiiio des Piha-Vogels, zuckten sie jedes Mal zusammen und wären am liebsten dem starken Igor auf den Arm gesprungen.

Doch nach und nach gewöhnten sie sich an die vielen unbekannten Geräusche, an das dämmrige Licht und an die Anstrengung der Wanderung, auch wenn ihnen der Schweiß aus allen Poren rann und sie das Gefühl hatten, von innen geduscht zu werden.

Und dann geschah das Wunder! Während der Rast auf einer von einem ganzen Bündel Sonnenstrahlen erhellten Lichtung waren beide Kinder aufgestanden und ein wenig umhergestrichen. Sie waren erst wenige Meter gelaufen, für die anderen aber schon nicht mehr sichtbar, als Ottilie plötzlich erstarrte und sich keinen

Millimeter mehr bewegte. Durch ihr fast unhörbares «Pssst!» blieb auch Oskar wie angewurzelt stehen, voller Sorge, vor ihnen könnte vielleicht etwas sehr Gefährliches aufgetaucht sein. Als er aber an Ottilie vorbeisah, verstand er sofort: Wenige Meter vor ihnen, von einem Lichtstrahl golden erleuchtet, standen zwei kleine, rehähnliche Tiere und fraßen Kopf an Kopf von den Blättern eines saftiggrünen Strauchs. Als wäre es damit aber noch nicht genug, schwebten direkt darüber zwei blau und grün schillernde Kolibris, die ihre langen Schnäbel immer wieder in die roten, röhrenähnlichen Blüten einer Schlingpflanze steckten.

«Siehst du das? Hast du so was Schönes schon mal gesehen?»

Ottilie wisperte so leise sie konnte und Oskar schüttelte nur den Kopf. So standen sie vielleicht fünf oder sechs Minuten reglos da. Dann, ohne jede Spur von Furcht, sahen die Zwerghirsche zu den Kindern herüber und es schien, als blickten sie ihnen dabei bis auf den Grund ihres Herzens. Schließlich wendeten sich die Tiere, noch immer langsam und ohne jede Furcht, um und schlüpften lautlos ins Dickicht der Sträucher und Stauden hinein. Auch die Kolibris waren inzwischen unbemerkt zu anderen Pflanzen geflogen – Oskar und Ottilie waren wieder allein.

In den nächsten Stunden und Tagen sprachen sie nicht von diesem unwirklichen Erlebnis und sie hüteten sich auch, den anderen davon zu erzählen. Ihre Ängstlichkeit aber war von diesem Moment an wie weggeschmolzen. Der Dschungel war nicht mehr nur eine Welt voller Gefahren und Strapazen. Er war auch ein Ort der Schönheit und des fremdartigen Lebens. Jetzt sahen sie auf einmal überall Schmetterlinge durch das Unterholz gaukeln, sogar den Blauen Morpho – «den größten Tagfalter Südamerikas!», wie ihnen Herr Nüssli erklärte. Auch die Tukane, Papageien und Trompetervögel hatten es ihnen angetan. Vor allem aber die neugierigen Äffchen aus der großen Familie der Meerkatzen, die in den Baumkronen turnten und ihnen dabei manchmal ungewollt überreife Früchte und trockene Ästchen auf die Köpfe fallen ließen.

Am Ende liefen Oskar und Ottilie so selbstvergessen und neugierig durch den Urwald wie der Vogelfreund Nüssli, der noch immer begeistert jeder Schwanzfeder hinterhersah. Um sein kleines Wolläffchen kümmerte sich unterdessen Mamadou, dessen Tierpflegerherz das zutrauliche Kerlchen lieb gewonnen hatte.

Ansonsten verliefen die nächsten zwei Tage ereignislos, wenn man davon absieht, dass jeder von ihnen wohl an die dreißig Mal von Wespen gestochen und mindestens ebenso oft von einer der vielen übel beißenden Fliegen oder Ameisen angeknabbert worden war. Die Kinder hatten dabei nach und nach bemerkt, dass es um den Großen Och herum auffallend wenig summte und surrte, brummte und zirpte. Neugierig geworden hielten sie sich unmittelbar neben ihm auf und wurden tatsächlich kaum noch gestochen.

«Wieso stechen und beißen dich die Insekten nicht?», wollte Oskar nach einiger Zeit von seinem Freund wissen.

Der Große Och gähnte, bevor er sprach.

«Weil ich mich ununterbrochen, ständig, immerzu, andauernd mit ihnen unterhalte!»

«Wiee???»

Oskar glaubte nicht richtig zu hören.

«Ja. Es ist ganz einfach. Wenn du siehst, dass jemand gerade etwas machen will, auf das er sich sehr konzentrieren muss, dann stell ihm eine schwierige Frage! Im gleichen Moment wird er, wenn er höflich, freundlich, zuvorkommend, gut erzogen ist, von seinem Vorhaben ablassen, über deine Frage nachdenken und sie beantworten. Richtig?»

«Ja, denke schon.»

«Und wenn du das immer und immer wieder machst, dann bringst du ihn so durcheinander, dass er vergisst, was er eigentlich wollte! Richtig?»

«Kann schon sein!»

«Also rede, quatsche, quassele, plaudere ich ununterbrochen mit den Fliegen, Moskitos, Wespen und Ameisen, so lange, bis sie vergessen haben, was sie von mir wollten. Dann fliegen sie ganz verwirrt davon, ohne mich gepiesackt zu haben!»

«Sag mal, Och ... ?»

«Ja?»

«Willst du uns vergackeiern?»

«Nein. Wieso?»

«Wie kann man denn mit diesem kleinen Zeug reden?»

«Man kann auch reden, ohne dass man den Mund aufmacht. Aber ...», jetzt gähnte er noch einmal sehr ausgiebig, «... es macht unglaublich, irrsinnig, furchtbar, unerträglich, atemberaubend müde! Wenn wir bei den Yanodingsda angekommen sind, werde ich erst mal ein paar Jahre schlafen müssen.»

Kapitel 8
Herr Nüssli geht allein

Am dritten Tag war der Vogelfreund Nüssli nach ein paar Stunden Fußmarsch schon wieder so weit zurückgeblieben, dass er sich unversehens allein auf einer kleinen Lichtung befand, ohne von den anderen auch nur einen Hemdzipfel zu sehen. Doch statt nervös zu werden und zu rufen, ging er einer unbekannten Vogelstimme hinterher, die aus den Baumwipfeln über ihm erklang und ihn brennend neugierig machte. Dass der Boden unter seinen Füßen auf einmal weicher und morastig wurde, bemerkte er nicht. Und als er tatsächlich vor sich im Baumgeäst den sagenhaften Hoatzin sah, den nur sehr wenige Vogelforscher bisher erblickt hatten, war es mit seiner Aufmerksamkeit für den Weg endgültig vorbei. Mit großen Schritten lief er in die Richtung des unscheinbar gefärbten Vogels – und kam auf einmal keinen Schritt mehr vom Fleck! Er war in ein Sumpfloch geraten, wie es sie hier häufig gab.

Selbst jetzt begriff Herr Nüssli nicht sofort den Ernst der Lage. Er ruderte zwar ein wenig mit den Händen, mühte sich auch vergeblich darum, einen Fuß aus dem Morast zu ziehen, aber er steckte unverrückbar fest!

Und schlimmer noch: Ihm wurde langsam klar, dass er immer tiefer und tiefer einsank. War ihm das Wasser zuerst nur bis zu den Knien gegangen, so reichte es ihm schon eine Viertelstunde später bis knapp an den Gürtel. Wenn es so weiterging, würde er nach einer Stunde vollständig eingesunken sein.

Schlagartig hörte er auf, sich so wild hin- und herzudrehen. Er blieb ruhig und sank daher auch nicht mehr so schnell ein. Stattdessen begann er zunächst ganz zaghaft um Hilfe zu rufen.

«Entschuldigung, hört mech da jemand? Ich brauche, wenn es Recht esch, ein bezeli Hilfe!»

Doch nur ein lachender Tukan antwortete ihm, außerdem glaubte er zwischen den Sträuchern die Augenpaare einer Gruppe Affen zu sehen. Als niemand kam, rief Herr Nüssli erstaunlich laut einfach nur noch: «Hilfe!»

Doch die anderen hörten den Schweizer nicht und da sie sich schon längst an seine Art gewöhnt hatten und ihren Weg extra deutlich markierten, erwarteten sie ihn einfach bei ihrer nächsten Rast.

Nach einer weiteren Viertelstunde war noch immer keine Hilfe in Sicht und Herr Nüssli gab die Hoffnung langsam auf. Sein heiseres «Hilfe! Hilfe!» war kaum mehr dreißig Meter weit zu hören und er selber vernahm keinerlei Laut, der ihm die Nähe der anderen verriet. Es war kein Mensch weit und breit da, der ihn vor dem Ertrinken bewahren würde!

Kein Mensch? Nüssli täuschte sich! Denn während er bereits die Augen geschlossen hatte und sich in sein Schicksal ergab, tauchten urplötzlich aus den umgebenden Büschen und Lianen vier sehr kleine, nur mit einem Lendenschurz bekleidete Männer auf, deren Bogen und Blasrohre sie als Jäger eines Indianerstammes auswiesen.

Als Herr Nüssli ein Kichern und Flüstern hörte, riss er die Augen auf. Was er sah, erfüllte ihn mit Freude und Hoffnung, auch wenn die vier Männer vor ihm sehr wild und kampflustig aussahen.

«Grüezi metenand!»

«Ützi, ützi», ahmten die Dschungeljäger ihn nach, lachten und schlugen sich dabei so fest auf die nackten Schenkel, dass es laut klatschte.

«Ich will ja euri werte Heiterkeit nicht störe'», sagte Herr Nüssli sehr klar und deutlich, wenn auch mit leiser Stimme, «aber wenn Sie d'Freundlichkeit besitzen würden, mech hier use z'zieh!?»

Die Indianer hatten zwar kein Wort verstanden, aber im nächsten Moment hielt der größte und kräftigste von ihnen Nüssli sein langes, stabiles Blasrohr hin. Der Schweizer griff eilig danach und spürte sofort, dass er nicht weiter einsackte. Scheinbar mühelos zog ihn der Indianer aus dem Sumpf und sah amüsiert zu, wie der erschöpfte Herr Nüssli sich auf den Boden warf und mit lang ausgestreckten Armen und Beinen einfach liegen blieb. Im gleichen Moment, als die vier wieder zu lachen begannen und auf den Boden und Nüssli zeigten, merkte auch er selbst, dass er einen schweren Fehler gemacht hatte: Er lag mitten auf einer viel begangenen Ameisenstraße und musste seine erneute Unaufmerksamkeit mit einigen sehr schmerzhaften Bissen bezahlen!

Die vier Jäger bogen sich vor Lachen. Herr Nüssli sah, wie einer von ihnen, der ein begabter Pantomime war, ihn nachmachte: wie er den Blick nach oben gerichtet, in einen unsichtbaren Sumpf geraten war und mit einer Wisperstimme etwas rief, das so klang wie «Henhulhihe hie, hö hi ha heha?» Danach warf sich der Mann auf den Boden, um gleich danach unter Geschrei wieder aufzuspringen, während er einige unsichtbare Ameisen von sich abschlug.

Als in diesem Moment die anderen Expeditionsteilnehmer, allen voran Igor, auf die Lichtung kamen, bot sich ihnen ein eigenartiges Bild.

Fünf Männer, vier davon dunkelhäutige Indianer mit der Haartracht der Yanomani und ein hellhäutiger Schweizer mit Tropenhelm und kurzen Khakishorts, tanzten um einen Fleck Erde, schlugen sich auf die Schenkel und lachten, dass inzwischen auch die letzten Vögel und Falter die Lichtung verlassen hatten.

Beendet wurde diese Szene dann sehr schnell, als Igor voller Freude und überaus laut «Kaobawa» rief und mit riesigen Sätzen auf den Anführer der kleinen Jagdgruppe zulief.

«Igo!»

Auch der Yanomani ließ alles stehen und liegen und rannte auf den Taigajäger zu. Oskar schüttelte sich und musste an seine erste Begegnung mit Igor denken, als er sah, mit welcher Wucht Igors Pranken den Rücken des Indianers beklopften, was dem kleinen, muskulösen Mann allerdings nicht das Geringste auszumachen schien.

Kapitel 9
Herr Nüssli und der Jaguar

Als sie mit ihrem neuen Führer Kaobawa weitermarschierten, kamen sie zunächst sehr viel besser voran. Das lag natürlich daran, dass der Yanomani-Indianer jeden Baum und Strauch, jedes Wasserloch und jede Schleife des Flusses kannte und sie auf dem kürzesten Weg leiten konnte. Außerdem wanderte Herr Nüssli nach seinem Abenteuer im Sumpf so brav in ihrer Reihe mit, wie ein Kindergartenkind beim ersten Ausflug an der Hand der Erzieherin. Vor allem aber waren die Indianer hervorragende Spurenleser. Selbst gut getarnte Wespennester, reglose Skorpione und unabsehbar lange Ameisenstraßen wurden umgangen. Allein gegen die Millionen von Moskitos war auch die Kunst der Yanomani machtlos. Oskar und Ottilie hielten sich jedoch dicht an den Großen Och und wurden kaum noch gestochen.

Als die Kinder sich am späten Nachmittag schon darauf einrichteten, auch diese Nacht wieder in einem Zelt mitten im Urwald verbringen zu müssen, und nach wie vor brav in der langen Reihe mittrotteten, wurde es auf einmal ungewohnt hell um sie herum. Alle schauten nach vorne. Die Kinder und Herr Nüssli riefen überrascht aus:

«Ohh! Ahh! Was ist denn das?»

Etwas unterhalb der kleinen Anhöhe, auf der sie gerade standen, tat sich eine weite Lichtung auf, in deren Mitte, von Kochbananenstauden und Maniokpflanzungen umgeben, eine palmblattgedeckte Riesenhütte stand.

«Sieht aus wie ein Fußballstadion!»

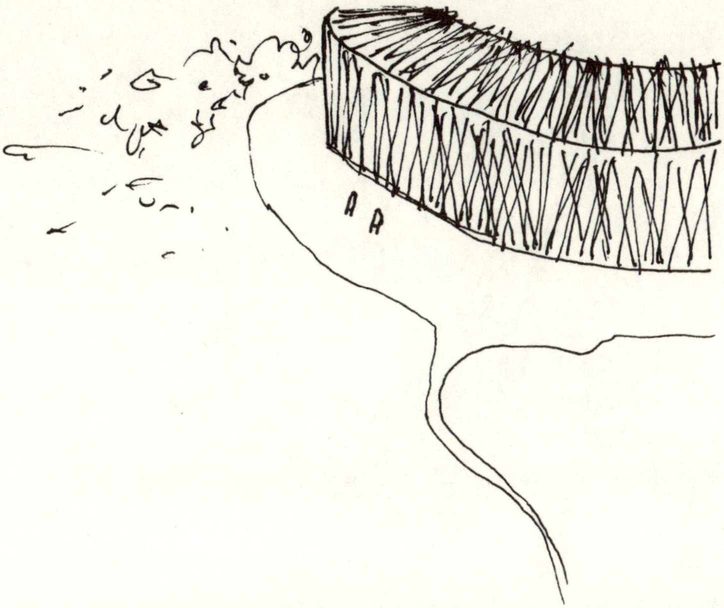

Oskar traute seinen Augen nicht, denn das Gebilde vor ihnen wirkte tatsächlich so, wie eine Art Miniaturstadion: ein kreisrundes Dach, fünfzig oder sechzig Meter im Durchmesser, das einen unbebauten Platz umgab, auf dem sie von ihrem Hügel aus nur ein paar spielende Kinder und Hunde ausmachen konnten.

«Shabono!»

Kaobawa zeigte stolz auf das kleine Dorf seiner Gemeinschaft, das nur aus dieser einzigen Hütte bestand.

Igor drehte sich zu den anderen um und erklärte ihnen so gut es ging, was sie dort vor sich sahen.

«Das ist Haus-Dorf von Yanomani-Clan. Sechs Familie, meinä Freund Kaobawa Häuptlingschef-Sohn. Wir gehen grüßän seine Djad-Vater, Himotoma. Kommän!»

Inzwischen hatten die Yanomani sie entdeckt und näherten sich, schneller oder langsamer, je nach Rang und Würde, der Expeditionsgruppe. Als Erste waren die Hunde da, gleich gefolgt von einem Dutzend neugieriger Kinder, die sich vor allem für Oskar und Ottilie interessierten, denn sie hatten noch niemals weißhäutige Kinder gesehen.

Nach einer Weile hatte sich die Aufregung gelegt. Die weißen Gäste wurden in den inneren Ring des Shabono geführt. Man wies ihnen Feuerstellen und Plätze zum Aufspannen ihrer Hängematten zu.

Noch bevor es dunkel geworden war, hatten die Yanomani ihren Besuchern einen zähen Brei aus Fisch und Maniokmehl zubereitet, der nur zusammen mit dem Saft einer unbekannten Frucht genießbar war.

Nun saßen sie gemeinsam um die Feuerstelle des Häuptlings, aßen und schwiegen. Als alle satt waren, ergriff Kaobawa das Wort und sprach zu seinen Leuten. Igor, der die Yanomani-Sprache leidlich gut verstand, übersetzte:

«Meine Freund erklärän, warum wir sind hier. Dass wir wollän befreiän Kapitan Oskarowitsch und Professor Ottenstein. Und wollän verjagän bösä weißä Ganovän von Yanomani-Land!»

Kaobawas Rede fand allgemeine Zustimmung unter seinen Leuten und sie beschlossen, ihn als Führer der Rettungsaktion mitgehen zu lassen. Vor allem Oskar und Ottilie waren darüber sehr erfreut. Sie hatten die Augen kaum geschlossen, da fielen sie auch schon in einen ruhigen, erholsamen Schlaf.

Am anderen Morgen rüsteten Igor, Kaobawa, Mamadou, Chimo und Pablo sich mit neuem Proviant aus, überprüften Waffen, Kochgeschirre, Zelte und das übrige Gepäck und besprachen noch einmal ihre nächsten Schritte. Unterdessen hatte sich Herr Nüssli wieder einmal auf die Suche nach weiteren seltenen Vogelarten begeben. Auch Oskar und Ottilie nutzten die Zeit, um zusammen mit Matowa, dem zwölfjährigen Bruder Kaobawas, und seiner zehnjährigen Schwester Bahimi das Dorf und seine Umgebung zu erkunden. Und da er gerade nichts Besseres zu tun hatte, kam der Große Och gleich mit.

Stolz wie ein erwachsener Jäger trug Matowa seinen Bogen über der Schulter. In den Händen hielt er zwei Pfeile, die länger waren als er selbst. Anfangs blieben die fünf ganz in der Nähe des Shabono. Nach und nach aber wurden ihre Kreise weiter und weiter, bis sie schließlich tief in den Wald gerieten. Ottilie und Oskar fühlten dabei aber nicht die Spur von Angst. Matowa und seine kleine Schwester waren schon genauso umsichtig wie die erwachsenen Jäger. Manchmal blieben sie stehen, zeigten ihren Begleitern ein Opossum, das in einer Baumhöhle eingerollt schlief, ein paar flink umherstreunende Nabelschweine oder – von weitem und mit warnend erhobenem Zeigefinger – eine zusammengerollte, gut getarnte und hochgiftige Lanzenotter.

Plötzlich allerdings erstarrten die beiden Indianer und forderten ihre Begleiter durch Zeichen auf, still zu sein. Im gleichen Moment hörten Oskar, Ottilie und der Große Och es auch:

Ein Wimmern drang aus dem Dickicht vor ihnen und fast gleichzeitig ein leises Knurren und Fauchen. Ein Jaguar! Sie begriffen, dass dort ein Mensch in höchster Gefahr war.

«Nüssli!»

Matowa flüsterte seiner Schwester etwas zu, worauf sie schnell davonsprang, um im Dorf Hilfe zu holen. Er selber bewegte sich so rasch und dabei so behutsam vorwärts, wie er nur konnte. Oskar und Ottilie folgten ihm, nur der Große Och blieb ein Stück weit zurück.

Das Knurren des Jaguars und die angsterfüllten Laute des Schweizers kamen immer näher, Matowas Herz klopfte bis zum Hals. Er legte vorsichtig einen seiner Giftpfeile auf die Bogensehne. Schussbereit näherte er sich jetzt einer Lichtung, von wo die Geräusche zu ihnen drangen. Oskar und Ottilie waren nur wenige Meter hinter ihm.

Als sich die Bäume und Sträucher vor ihm teilten, konnte der Junge die Situation mit einem Blick übersehen. Auf der einen Seite der moosbewachsenen Lichtung hockte mit angstverzerrtem Gesicht Herr Nüssli über dem Boden, nur wenige Meter von ihm entfernt irrte eine kleine gefleckte Raubkatze hin und her, die immer wieder klägliche Laute von sich gab. Von der anderen Seite näherte sich äußerst langsam und in sprungbereiter Haltung ein Jaguarweibchen, entschlossen, sein Junges gegen den weißhäutigen Eindringling zu verteidigen.

«Ausgerechnet ein Weibchen mit seinem Jungen!», dachte Ottilie, die von ihrem Vater schon viel über Tiere gelernt hatte. Ihr Herz hing dabei irgendwo auf Höhe der Kniekehlen, während Oskars Zähne so laut klapperten wie die Kastagnetten einer Flamencotänzerin.

«Wann schießt er denn endlich?», dachten in diesem Moment beide Kinder und hofften inständig, dass Matowa den Jaguar nicht verfehlen möge. Die Raubkatze war inzwischen noch gereizter als zuvor. Ihr Blick ging unruhig von einem zum anderen und es schien nur noch eine Frage von Sekunden, bis sie angreifen würde.

In diesem Moment hörten sie einen neuen Laut, der ihnen das Blut in den Adern gefrieren ließ. Von irgendwoher klang das Knurren und Fauchen eines weiteren

Jaguars – das Männchen!, dachten sie. Jetzt wurde es für alle lebensgefährlich!

Das Weibchen selber schien irritiert und wendete seinen Kopf in Richtung der Büsche, aus denen im nächsten Moment die zweite Raubkatze treten musste. Gleichzeitig hatte auch das Jaguarkind die Laute gehört und begonnen, sich freudig erregt darauf zuzubewegen. Es war wie im Theater, kurz bevor sich der Vorhang teilt: Vier Menschen und zwei Raubkatzen richteten ihren Blick auf den Vorhang aus Blättern und Lianen, der sich im nächsten Moment teilen musste. Und genau das tat er auch und heraus kam … ? Der Große Och!

Während Oskar und Ottilie nur sprachlos auf ihren Freund starrten, der, noch immer wie ein Jaguar knurrend, die Lichtung betrat, setzte sich Matowa vor Überraschung einfach auf den Boden, Pfeil und Bogen fielen ihm aus der Hand. Dann sahen sie alle dem Nüssebeißer atemlos dabei zu, wie er auf das Jaguarkind zuging, es auf den Arm nahm, streichelte und seiner Mutter vor die Pfoten legte. Die beschnupperte es eine Weile, leckte es innig über das ganze Fell, bevor sie, nach ein paar letzten Lauten in Richtung des Großen Och, mit ihm die Lichtung verließ.

In diesem Moment betraten Igor, Kaobawa und Mamadou das Rund, nachdem sie Zeuge der letzten Szene geworden waren.

«Igor hat in Lebän schon viel gesähän. Abärrr Große Och ist größtes Wunderr von allän!»

Der Große Och selber sah allerdings aus wie ein Neunzigjähriger kurz nach der Besteigung des Mount Everest.

«Ihr müsst mich ins Lager zurückschieben. Ich kann nicht mehr! Schlafen! Nüsse!»

Alle bemühten sich um ihn. Igor stützte ihn auf der einen Seite, Mamadou auf der anderen.

«Mamadou hat noch eine Frage: Was hat der Große Och erzählt Jaguar?»

Schwach, aber mit einem Lächeln unter den halb geschlossenen Augenlidern, antwortete der Nüssebeißer:

«Ich habe dem Jaguar erzählt, berichtet, verkündet, dass Herr Nüssli ein berühmter Schriftsteller ist. Und wenn er in eine spannende Geschichte kommen wolle, dann dürfe er ihn jetzt nicht fressen!»

Kapitel 10
Herr Nüssli entdeckt etwas

Am nächsten Tag sollte es endlich weitergehen. Die Expeditionsgruppe wollte zunächst das Basislager von Käpt'n Oskarson aufsuchen. Dort würden sie ein paar kleinere, wendige Kanus finden, mit denen sie einem der vielen kleinen Zuflüsse des Amazonassystems folgen konnten, bevor der Urwald sich wieder undurchdringlich über dem Wasser schließen würde.

Das Flüsschen war zum Glück nur wenig zugewachsen. Nach zwei Tagen schneller Fahrt ging es dann wieder zu Fuß weiter. In dem dichten, dunklen Wald war es jetzt so drückend und heiß wie noch nie. Der kleine Trupp schleppte sich schweigend und keuchend vorwärts, niemand wollte mehr als das Allernotwendigste sprechen. Sogar Herr Nüssli, dem die Begegnung mit dem Jaguarweibchen endgültig Respekt vor dem Dschungel eingeflößt zu haben schien, wich nicht ein einziges Mal vom Weg ab und blieb auch nicht für eine Minute hinter den anderen zurück.

So vergingen zwei weitere Tage. Oskar und Ottilie kamen sich vor wie Ochsen, die ein Wasserrad antrieben und stur Schritt um Schritt weitertrotteten. Allmählich wurde ihnen gleichgültig, wo sie sich befanden und warum sie eigentlich unterwegs waren. Für die Schönheiten des Urwalds hatten sie längst keinen Blick mehr übrig. Am Mittag des dritten Marschtages bemerkten beide auf einmal ein Geräusch, das ihnen fremd und auch ein wenig unheimlich vorkam: ein leises fernes Brausen, wie ein riesiger Schwarm Bienen, der sich um eine Königin geschart hat und einen neuen Stock begründen will. Ganz allmählich nahm das Brausen an Lautstärke zu und es schien ihnen, als würden die Tiere ringsumher lebhafter und die Pflanzen bunter und prächtiger.

Gerade als sie Igor nach dem Grund des Brausens fragen wollten, blieb der Taigajäger auf einmal stehen, trat genau wie Kaobawa und Chimo einen Schritt zur Seite und gab den Blick auf einen gewaltigen Wasserfall frei, der weit in der Ferne vor ihnen aufragte.

«Das ist Wasserfall, der Schalen von Nuss Goldene gebracht hat! Hier Kapitan Oskarowitsch bei erstä Expädition hat gesucht und gesucht und keinä Wäg gefundän nach obän!»

Sie sahen Igor an, dass er in diesem Moment an seinen alten Freund dachte. Seine wild entschlossene Miene sprach Bände.

«Dahinauf soll es einen Weg geben?»

Oskar schüttelte ungläubig den Kopf.

«Das sind ja mindestens 90 Meter und es geht fast senkrecht nach oben!»

«Einhundärtfünfunddreißig Mätär. Glatte, nassä, glitschige Stein'. Man müsstä habän Flügäl wie Adlär, um da kommän hoch!»

Nachdem sie eine Weile mit Blick auf den mächtigen Wasserfall ausgeruht hatten, setzten sie ihren Weg wieder fort. Das Lager, das sie an diesem Abend ausgewählt hatten, wurde nun doppelt gut bewacht. Irgendwo in der Nähe konnten sich die beiden Schurken aufhalten, die den Käpt'n und Professor von Ottenstein gefangen hielten, und es war ratsam, vor Überfällen auf der Hut zu sein.

Die erste Wache teilten sich Herr Nüssli und der Große Och.

Sie saßen um das schwach glimmende Feuer und schwiegen eine ganze Weile, bevor der Schweizer schüchtern das Wort ergriff.

«Mein lieber Herr Och, ech muss mich noch emol bei Ehne dafür bedanke', dass Sie mech vor de Chralle des Jaguars grettet hend. Wie kann ech Ihnen das wieder guet mache'?»

«Aber, aber, Herr Nüssli. Das ist doch nicht der Rede wert, darüber müssen sie doch kein Wort verlieren, das war doch selbstverständlich, das hätte ja jeder getan, das war mir ein Vergnügen. Aber ... wenn sie mir unbedingt einen Gefallen tun wollen ...»

«Aber secher, wenn ech's Ehne sage.»

«Dann ...», der Nüssebeißer konnte sich ein Lächeln nicht verkneifen, «bringen sie mir das Schachspielen bei!»

«Was? Schachspielen? Herr Och, wössed Sie, was för ein Freud' Sie mir dodemet machen? Aber nichts lieber als das! Wann wend Sie anfange'?»

«Warum nicht unmittelbar, sofort, jetzt gleich, auf der Stelle, in diesem Moment. Wir haben doch genug Zeit und müssen uns irgendwie wach halten!»

Und so geschah es! Mitten im Amazonasurwald, irgendwo an der Grenze zwischen Venezuela und Brasilien, zwischen Orinoko- und Amazonas-Strom, saßen zwei Wachposten an ihrem Lagerfeuer, stellten ein kleines Reiseschachspiel vor sich auf einen Baumstumpf und begannen die erste einer langen Reihe von Schachpartien. Was die beiden nicht bemerkten, waren die unzähligen Augenpaare im

Geäst der Dschungelriesen ringsumher. Drei Faultiere kamen herbeigehangelt und steckten ihre fransigen Köpfe durch das Blätterdickicht, eine ganze Horde Nasenaffen wippte in den Lianen auf und ab, sie schnüffelten und kratzten sich am Hinterteil, außerdem lugte ein Gürteltier durch das Gebüsch, ein Wasserschwein und der äußerst scheue, seltene Waldhund noch dazu. Und glaubt mir: sie alle wunderten sich und keiner von ihnen begriff, was die Weißhaut denn jetzt schon wieder machte – von dem Nüssebeißer ganz zu schweigen!

Am nächsten Tag begannen sie in drei Gruppen gründlich das Gelände zu erkunden, in der Hoffnung, irgendeinen Hinweis auf das Lager der beiden Ganoven und die Gefangenen zu entdecken. Kaobawa ging mit Mamadou und Oskar, Igor nahm Ottilie und Herrn Nüssli mit sich und Chimo und Pablo gingen in Begleitung des Großen Och.

Sie blieben untereinander durch den melodischen Pfiff in Verbindung, den sie auf einer einfachen Flöte spielten, die Kaobawa für sie geschnitzt hatte. Auf diese Weise durchkämmten sie Stunde um Stunde ein großes Gebiet und blieben dennoch stets miteinander in Kontakt. Am Nachmittag trafen sie sich auf einer Sandbank an einem kleinen Nebenarm des Canabari. Kaobawa und Chimo warfen die Angeln aus und hatten nach wenigen Minuten einen großen Wels und einige Piranhas gefangen, die sie über dem Feuer brieten. Herr Nüssli saß schon nach kurzer Zeit mit dem Großen Och etwas abseits und erklärte dem äußerst gelehrigen Nüssebeißer geduldig weitere Geheimnisse des königlichen Spiels.

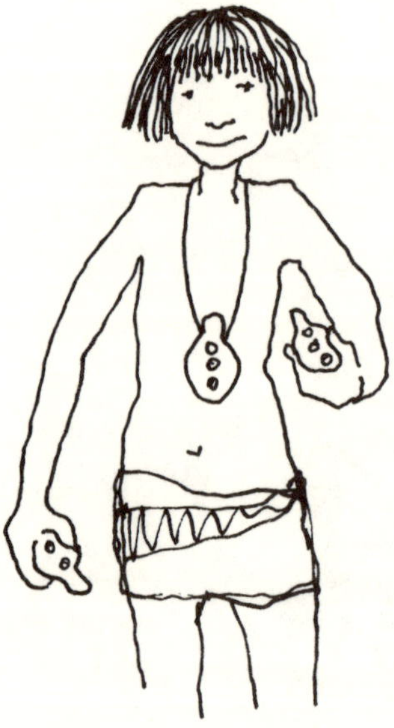

Doch das Vergnügen war nicht von langer Dauer, denn der Große Och wurde schläfrig und wollte die Rast für ein kurzes Nickerchen nutzen. Herr Nüssli, der keine Ruhe im Leib hatte, begann ein wenig auf und ab zu schlendern und entfernte sich dabei unmerklich immer weiter von der Sandbank.

Als er ein Rascheln im Gebüsch hörte, war seine Neugier wieder geweckt und die Lektion, die ihm der Jaguar erteilt hatte, schnell vergessen. Ihm schien, er hätte das gestreifte Fell eines Tapirjungen gesehen. Er war neugierig auf dieses merkwürdige Tier und ging dem Rascheln in den Büschen nach. Nach wenigen Metern wurde aus dem Dickicht ein bequemer unbewachsener Pfad, auf dem er in gebückter Haltung gut vorwärts kam.

«Ein Tierwechsel!», dachte er bei sich, «auf dem schon viele Tapire gelaufen sein werden.»

Nach ein paar Hundert Metern blieb Herr Nüssli abrupt stehen. Etwas war auf einmal ganz anders als zuvor und machte ihm Angst. Zuerst begriff er nicht, was sich geändert hatte. Doch dann wurde es ihm schlagartig bewusst: die Stille! Eben noch hatten unzählige Vögel gerufen und gesungen, Affen hatten gebrüllt, Zikaden gezirpt. Jetzt hörte er bis auf seinen eigenen keuchenden Atem beinahe nichts mehr, oder wenn, dann ziemlich weit entfernt.

Herrn Nüsslis Knie begannen zu schlottern. Was sollte er tun? Gerade als er sich dazu entschlossen hatte, umzukehren und zu den anderen zurückzugehen, war ihm, als hörte er Stimmen. Nicht etwa von dort, wo er die Sandbank vermutete, sondern von irgendwo weiter vor ihm. Der Wildwechsel führte genau darauf zu. Der Schweizer überwand seine Angst und schlich weiter. Er unterschied jetzt zwei Männerstimmen, die sich nicht allzu laut, aber doch deutlich vernehmbar unterhielten.

«Wir sollten langsam umkehren ...», sagte die eine Stimme. Sie klang heiser, rau und tief.

«Hast Recht! Wenn wir zu lange wegbleiben, dann verdursten

uns die beiden noch. Und das wäre doch zu schade, jetzt, wo wir bald am Ziel sind!»

Diese zweite Stimme war schneidend scharf und kalt, Herrn Nüssli lief ein Frösteln über den Rücken, obwohl es um ihn herum bestimmt vierzig Grad heiß und schwül war.

Er strengte sich an, noch etwas mitzubekommen, doch wie es schien, war das Gespräch der beiden beendet. Aus den sich langsam entfernenden Geräuschen schloss er, dass die beiden Männer in der entgegengesetzten Richtung verschwanden.

Was sollte er tun? Er zweifelte nicht einen Moment daran, dass er soeben einem Gespräch der beiden Entführer zugehört hatte, die nun auf dem Weg zurück zu ihrem Lager und damit zu ihren Gefangenen waren. Ihnen allein zu folgen war zwecklos. Sollte er zum Lager zurückkehren, ohne das Versteck gefunden zu haben?

«Aber wozu haben wir denn Igor und Kaobawa. Die beiden sind große Jäger und Spurenleser. Wenn ich sie hierher führe, werden sie den Weg ohne weiteres verfolgen können – selbst wenn es inzwischen einen Wolkenbruch geben sollte.» Also beschloss Herr Nüssli umzukehren, was er auch unverzüglich und in großer Eile tat.

Kapitel 11
Befreit!

Als der Schweizer schwer atmend und aufgeregt im Kreis der anderen stand und die vier Worte: «Ech hab' sie gfond!» herauskeuchte, sah es in ihrem kleinen Lager so aus wie in einem Ameisennest, auf das man mit einem Stock geschlagen hat. Herr Nüssli wurde umringt. Nachdem er einen großen Schluck Wasser getrunken hatte und zu Atem gekommen war, berichtete er von seiner Entdeckung.

Keine zehn Minuten später hatten sie alles gepackt und waren fertig zum Aufbruch. Herr Nüssli führte die Gruppe bis zu der Stelle, an der er die beiden Männer sprechen gehört hatte. Danach übernahmen Igor und Kaobawa die Suche nach Spuren.

Wie erwartet war das kein Problem für den erfahrenen Taigajäger. Und für den Yanomani, der schon viel kleineres Wild durch den Urwald verfolgt hatte, erst recht nicht. Sie ließen sich allerdings ein wenig Zeit. Denn die beiden Gauner sollten ruhig mit etwas Vorsprung ihr Camp erreichen, schließlich wollten sie ja den Käpt'n und den Professor befreien und dazu mussten sie erst einmal dorthin geführt werden!

Die Stunde der Abenddämmerung näherte sich unterdessen. Ottilie, in der Hoffnung, den Vater bald wieder sehen zu dürfen, drängte den immer langsamer werdenden Igor zur Eile.

«Kleinäs Freulein, bittä, nicht sein ungeduldig. Igor wird wartän ab, bis machän Männär Feuär. Dann wir werdän wissän, wo genau Lagär ist und könnän wir herankommän, ohne von Schurken gäsähän werdän!»

Ottilie sah das ein und war froh, dass Igor so viel Umsicht hatte. Schon eine Stunde später zeigte ihnen ein ferner Feuerschein, dass der Taigajäger Recht gehabt hatte.

Nun wurde es wirklich aufregend. Vorsichtig näherten sie sich dem Licht. Allen voran Igor und Kaobawa, dann Chimo, Pablo und Mamadou und hinter ihnen in sicherem Abstand Oskar, Ottilie, Nüssli und der Große Och. Sie vermieden jedes unnötige Geräusch, aber, wie sich zeigte, war übertriebene Vorsicht überflüssig. Die beiden Burschen palaverten und lachten so laut und durchdringend, dass eine Herde Bisons sich ihnen unbemerkt hätte nähern können. Als sie alle nahe genug am Feuer waren, um einzelne Worte verstehen zu können, forderte Igor die anderen durch ein Zeichen dazu auf, ruhig auf der Stelle zu verharren. An der feinsäuberlich mit Granitbrocken eingefassten Feuerstelle hockten die beiden Halunken

vor einem langen Drehspieß, an dem ein verführerisch duftender Braten hing, aus dem reichlich Fett in die Flammen tropfte. Ohne ihr Gespräch zu unterbrechen, schnitten sich die beiden Gesellen von Zeit zu Zeit dicke Stücke Fleisch heraus und stopften sie in ihre übervollen Münder.

«Was meinst du, Otto, wie lang werden die Kerle noch brauchen, bis sie anfangen zu quatschen? Die Brillenschlange macht das nich' mehr lange mit. Die Hitze, die Mücken – un' immer an der Kette! Denke, er wird bald auspacken, wo sie das Gold entdeckt haben!»

Dabei spuckte er auf den Boden, drehte sich um und sprach in das Dunkel hinter ihnen einen knurrenden Satz:

«Ey, ihr zwei Hübschen, wollt ihr 'n Stück Tapirsteak? Is noch genug da. Müsst uns nur ein bisschen was erzählen. Wo ihr das Gold entdeckt habt, zum Beispiel. Und dann gehn wir gleich morgen dahin, holen uns, was wir brauchen, und ihr seid schon bald wieder in Caracas, sucht euch ein feines Hotel, mit weißer Bettwäsche, einer heißen Dusche, gutem Kaffee und was ihr sonst noch wollt!»

Dabei lachte er und sein Kumpel stimmte bellend ein.

Die Herzen der Kinder schlugen schneller, als sie jetzt auf einmal die Stimme des Käpt'ns hörten. Ein wenig zitternd, aber fest und entschieden, wie sie ihn kannten, gab der alte Seebär Antwort.

«Wie oft sollen wir euch denn noch sagen: Wir suchen kein Gold und keine Diamanten, ihr Dummbärte. Wir sind auf der Suche nach einer goldfarbenen Nuss, von der wir gerade mal ein paar Schalenstücke gefunden haben.»

Der Heisere unterbrach ihn:

«Das kannst du deiner Großmutter erzählen, Weißlöckchen! In euren Taschen war so viel Gold, wie wir in einem Jahr nicht zusammengewaschen haben. Was Fritz?»

«Und ob. Lauter feine Nuggets. Von den Dollars, die wir dafür kriegen werden, könnte man sich einen halben Monat lang besaufen!»

«Aber bitte, meine Herren, mmh, tjä, Sie müssen uns glauben.

Das war ein Geschenk der Yanomani, weil wir mit unserer Medizin ein Mädchen vom Fieber befreit haben!»

«Na klar. Von den Hottentotten! Die hätt'n euch einen Curarepfeil in den Hintern geschossen, wenn ihr ihnen zu nahe gekommen wärt! Von denen hält man sich entweder fern, oder man zeigt ihnen gleich, was für eine patente Donnerbüchse man hat!»

Er tätschelte den Schaft seines Gewehrs, während er sich erneut einen Streifen Fleisch in den Mund schob.

«Hast Recht, Otto. Einen nackten Wilden, der dir freiwillig Nuggets in die Hand legt, wirst du in zwanzig Jahren nich' finden. Die Kerle sind absolut gemeingefährl...»

Die Worte blieben ihm im Mund stecken, während sein Kumpel an einem Fleischbrocken beinahe erstickt wäre. Denn ein paar Meter vor ihnen, vom Feuerschein grell beleuchtet, stand Kaobawa. Seinen Bogen hatte er weit ausgespannt, der lange Pfeil zielte auf die beiden Gauner und keiner von ihnen hätte sagen können, wen der Schuss treffen würde. Doch an Gegenwehr war ohnehin nicht zu denken. Denn im nächsten Moment tauchte der wilde Piratenkopf Igors auf, der den Lauf seiner langen Flinte lässig auf dem linken Unterarm balancierte, während er ihren Hahn mit einer kurzen Bewegung des Daumens spannte. Als dann noch Mamadou, den Affen auf der Schulter, im Feuerschein sichtbar wurde, war es um die Fassung der beiden geschehen. Sie hoben abwehrend die Hände und stammelten:

«Bitte tut uns nichts, nicht schießen, bitte!»

«Den Hals umdrehän man sollte euch. Oder in Fluss werfän zu Piranhas, gutäs Frühstück für Fischä mit scharfä Zähn!»

Als die beiden Gefangenen, die bis dahin atemlos dem Geschehen am Feuer gefolgt waren, diese Stimme hörten, gab es kein Halten mehr.

«Igor, alter Teufelskerl! Hast du uns also doch noch gefunden! Hab' ich dem Professor gleich gesagt, dass man sich auf meinen Kameraden verlassen kann. Hab' ich das nicht?»

Doch gerade als Professor von Ottenstein antworten wollte, zupfte ihm jemand von der Seite an der zerlumpten Khakihose.

«Nanu wer …? Ottilie!? Nein. Ja. Also. Käpt'n ich … sagen sie mir, dass ich, mmh tjä, wach bin und das hier nicht nur träume! Wie um alles in der Welt kommst denn du in den Dschungel? Und Mamadou? Und Oskar?»

Nacheinander waren die Freunde in die Nähe der halb zerfallenen Dschungelhütte getreten, wo die Gefangenen mit schweren Ketten an einen dicken Bambuspfosten gekettet waren.

Der Käpt'n war gleich ganz sprachlos. Er sah abwechselnd auf seinen Neffen, die zierliche Ottilie und den Großen Och, der als Letzter herangeschlurft war und äußerst müde schien.

«Wie wär's, wenn Sie mech dene Herrschafte wörded vorstell'? Und vielleicht sollte mer sie vorher noch vo ehrem Beinschmuck befreie, den ehne die beiden Herren angelegt haben. Übrigens sind dies d'gleiche Gauner, die auch mir schon so übel mitg'spielt haben!»

Herr Nüssli, der bis dahin dem allgemeinen Wiedersehen nicht im Weg stehen wollte, war auch näher getreten und zeigte auf die schweren Ketten.

«Oh. Abär sofort! Wird Igor Schlüssel von die Halunkän holän. Und dann bindän selbär fest. Sichär sein sichär!»

Nach ein paar Minuten waren der Käpt'n und Professor von Ottenstein befreit. Sie schwankten ein wenig, während sie sich die geschwollenen Fußgelenke rieben.

«Mmh tjä, vielleicht wäre es möglich, dass wir eine Kleinigkeit zu essen und zu trinken bekommen könnten? Das Fleisch am Spieß riecht nur zu gut und in der letzten Zeit haben wir hier, mmh, tjä, nicht gerade wie die Könige gelebt!»

Der Biologe sah mit einem schmachtenden Blick auf den Drehspieß. Sofort sprang Oskar hinzu, nahm eines der großen Messer vom Boden auf und säbelte riesige Stücke für seinen Großonkel und Ottilies Vater ab.

Als sich die beiden gesättigt hatten und mit großer Begeisterung Mamadous Tee tranken, auf den sie so lange hatten verzichten müssen, begann ein wechselseitiges Fragen und Erzählen. Während die Befreier das Gefangenenschicksal der beiden ausgiebig bedauerten, kamen der Käpt'n und der Professor aus dem Staunen nicht mehr heraus, als Oskar und Ottilie die Geschichte ihrer Reise nach Venezuela erzählten.

«Raketen-Paule? Das werd' ich dem alten Knaben nie im Leben vergessen! Wer weiß, ohne euch alle wären wir beide noch verhungert oder in der Gluthitze verfault. War wirklich höchste Zeit!»

Es wurde eine lange Nacht des Erzählens und der Freude. Sie saßen um das glimmende Feuer, tranken Tee und aßen Tapirfleisch. Redeten oder schwiegen gleichermaßen zufrieden. Und spielten – zumindest zwei von ihnen – Schach! Denn der Große Och war inzwischen so versessen darauf, dass er Herrn Nüssli bei jeder Gelegenheit einlud, mit ihm eine Partie zu beginnen. Noch hatte er kein einziges Mal gewonnen, aber der Schweizer kam inzwischen immer öfter ins Schwitzen, was bestimmt nicht nur an der Tropenhitze lag, die sie sogar in den Nachtstunden nicht aus ihren Klauen ließ.

Als alle anderen schon längst schliefen, saßen die beiden noch immer vor dem kleinen Brett und dachten sich die Köpfe wund. Es war beinahe vier Uhr früh, als endlich auch sie in ihren Hängematten lagen und schnarchten. Eine Wache hatten sie nicht aufgestellt, denn die beiden Gauner waren gut angebunden und würden sich ohne fremde Hilfe nicht von den Fußfesseln befreien können.

Kapitel 12
Hände hoch

Als der Käpt'n, der auch im Urwald seine Gewohnheiten beibehielt, sich eine Stunde später schlaftrunken die Augen rieb und sie dann blinzelnd öffnete, sah er in drei Gewehrläufe. Mit einem Ruck war er auf den Beinen, rief nach Igor und Professor von Ottenstein, während er sich zugleich nach einer Waffe umsah.

«Aber, aber, Käpt'n Oskarson. Sie werden sich doch nicht unglücklich machen wollen! Lassen Sie die nervösen Blicke ruhig sein. Selbst wenn Sie noch einen Schießprügel finden sollten, würde ich Ihnen nicht raten, den zu benutzen!»

Bis auf den heftig schnarchenden Och, den die Anstrengungen des nächtlichen Schachspieles allzu sehr mitgenommen hatten, wurden die anderen bei Fritz' hämischen Worten schlagartig wach. Doch so erfahrene Kämpfer Kaobawa und Igor auch waren, angesichts der Gewehre, mit denen die drei Männer vor ihnen standen, hatten sie keine Chance und es schien ihnen besser, sich zu ergeben.

Drei Männer? Ja, das war der Grund, warum die beiden Bösewichte nicht mehr an den Pfosten gekettet waren, sondern breit grinsend vor ihnen standen. Es hatte sich ein Dritter zu ihnen gesellt. Ein Mann, dessen zerfledderter Strohhut tief in die Stirn gezogen war, in zerlumpten, schmutzstarrenden Kleidern. Eine Wolke von Fliegen umschwirrte ihn, sodass seine Hand immer wieder ärgerlich um das Gesicht fuchtelte, um sie zu vertreiben.

Während die aus dem Schlaf Gerrissenen sich langsam ihrer Situation bewusst wurden und auf das warteten, was nun geschehen würde, ließ der Neuankömmling seinen Blick über sie alle wandern.

«'ne eigenartige Bande haben wir da aber zusammen! Könnt von Glück sagen, dass ich rechtzeitig zurückgekommen bin! Wie wär's denn, wollt ihr den Herrschaften nich' mal langsam ein bisschen Schmuck anlegen?»

«Klar, Boss! Machen wir doch, Boss!»

Wie aus einem Mund antworteten Fritz und Otto und machten sich dann schleunigst an die Arbeit, ihre Gefangenen erst einmal zu binden. Das nahm einige Zeit in Anspruch und sie kamen dabei ganz schön ins Schwitzen. Inzwischen war auch der Große Och aufgewacht. Als er sich nach ausgiebigem Gähnen und Strecken in der Runde umsah, staunte er nicht schlecht, blieb aber ruhig. Nachdem auch er gefesselt worden war, hatten sich die drei Halunken gerade gemütlich hingesetzt und wollten ein Glas Schnaps miteinander trinken, als ihr Anführer plötzlich wie von der Tarantel gestochen aufsprang.

«Hey, Kerl, was ist denn mit dir los?», fuhr er den Großen Och an. «Habt ihr vergessen, dem komischen Knaben Fesseln anzulegen?»

Dabei starrte er auf den Nüssebeißer, der sich ausführlich am Rücken kratzte.

«Natürlich nicht. Ich schwör's, ich hab den Kleinen zugeschnürt wie ein Paket, das auf die Post geschickt werden soll!»

«Na, dann mach's jetzt noch einmal, aber diesmal gründlich!»

Der Oberhalunke schob den

Strohhut in den Nacken und sah zu, wie Fritz noch einmal begann, den Großen Och zu fesseln.

Als sich wenig später alles beruhigt hatte, setzten sich die drei wieder hin, entkorkten ihre Flasche und wollten ihre Gläser voll schütten – doch die Gläser waren nirgends zu sehen.

«Hey Fritz, wo zum Teufel hast du die Gläser hingetan. Eben standen sie doch noch hier!?»

«Keine Ahnung. Vielleicht hat Otto sie weggenom... ?», er unterbrach sich mitten im Satz, denn der Große Och stand auf einmal neben ihm und hielt ihm, ohne Fesseln an der Hand, drei Schnapsgläser hin.

«Hier, ihr habt den Seesack darüber gelegt. Müsst besser aufpassen, drauf achten, hingucken, sorgsam sein, Obacht geben. Bitte!»

«Danke Se ... Zur Hölle noch mal, wie macht der Kerl das? Bist du vom Zirkus? Abteilung Entfesslungskünstler?»

Alle drei waren aufgesprungen und starrten entgeistert den Großen Och an, der noch immer freundlich lächelte. Sie beratschlagten eine Weile.

«Wisst ihr was», sagte dann irgendwann ihr Anführer. «Wir sollten die Bande eine tiefe Grube graben lassen und den Kerl so lange da reinstecken, bis die anderen uns zum Gold geführt haben.»

«Gute Idee, Boss. Wir haben zwei Schaufeln. Damit können sie immer zu zweit abwechselnd graben. In ein paar Stunden ist die Grube tief genug, dann haben wir endlich Ruhe. Der Zauberkünstler kann gleich anfangen. Und der Pirat mit der langen Flinte kann ihm helfen. Er sieht aus, als könnte er das Loch in ein paar Stunden ganz alleine ausbuddeln!»

Fritz und Otto legten ihre Gewehre zur Seite.

Während Otto den Taigajäger losmachte, nahm Fritz die beiden Schaufeln und drückte sie Igor und dem Großen Och in die Hände:

«Los, buddeln! Wir haben keine Zeit zu verlieren.»

«Das haben wir auch nicht – Hände hoch!»

Nicht nur die drei Gauner zuckten zusammen, als sie die Frauenstimme in ihrem Rücken hörten.

«Du schmeißt deine Knarre weg und ihr anderen beiden lasst die Finger von euren Gewehren. Wir haben hier drei geladene Pistolen und ein Jagdgewehr, mit dem in Afrika schon mancher Löwe erlegt wurde.»

Die drei Schurken leisteten keine Gegenwehr und hoben die Hände folgsam nach oben. In diesem Moment platzte es aus Oskar heraus:

«Mama!»

Und tatsächlich, aus dem Gebüsch, das die Lichtung umschloss, traten in diesem Moment einige vertraute Gestalten, mit deren Erscheinen die Gefangenen nicht einmal in ihren kühnsten Träumen gerechnet hatten. Neben Katharina Uhlenbrock standen da noch der baumlange, dürre James, mit Khakishorts und Tropenhelm bekleidet, Mevrouw Molenaar, die dunkle Sonnenbrille auf der Nase, das

Jagdgewehr ihres Vaters in den Händen und den unvermeidlichen Zigarillo im Mundwinkel, sowie, mit etwas Abstand, Salino.

Das allgemeine Hallo kann man sich vielleicht vorstellen. Während die Fesseln der Gefangenen gelöst und bei den drei Ganoven wieder befestigt wurden, während sich Katharina Uhlenbrock und Balduin von Ottenstein in den Armen lagen, um gleich darauf von ihren Kindern umarmt zu werden, während Fragen gestellt und Fragen beantwortet wurden, während gelacht wurde und auch geweint – Tränen der Freude und auch der Erleichterung; während also jede Menge Trubel um ihn herum war, saß Herr Nüssli, der Schweizer Vogelfreund, etwas abseits und schüttelte nur noch den Kopf.

«Ja, sag mal», dachte er, «was ist denn jetzt das schon wieder. Gefangen und wieder befreit, gefangen und wieder befreit – da wird man ja ganz wirr im Kopf und weiß schon gar nicht mehr, ob man jetzt grade befreit ist oder sich im nächsten Moment wieder die Schlingen um die Hände legen werden. Am besten, man behält sie gleich an, dann hat man nicht so viel Durcheinander.»

Und dann dachte er noch:

«Das ist jetzt aber mal eine Familie. Oder sind es gleich zwei? Bei denen zu Hause möchte man aber nicht länger als einen Tag Gast sein – wer weiß, was einem da alles blüht!»

Kapitel 13
Aufbruch

Als sich alle ein wenig beruhigt hatten, wurde es Zeit für ein großzügiges Essen. Die Affen und Papageien auf den Bäumen ringsum hatten einen solchen Trubel wahrscheinlich noch niemals gesehen. Während Kaobawa, Igor, Chimo und Pablo es vorzogen, das Lager zu verlassen, um noch ein wenig zu jagen, vor allem aber um ihre Ruhe zu haben, bemühte sich jeder nach Kräften, an dem Gelingen des Festessens mitzuwirken. Die Kinder stießen Maniokwurzeln und bereiteten daraus einen Brei, wie ihn die Yanomani machten. Katharina Uhlenbrock hatte aus Caracas starken Kaffee mitgebracht, den sie in einer Blechkanne über dem Kochgestell aufbrühte. Mamadou briet Fisch und Fleisch über einem offenen Feuer und auch alle anderen hantierten mit Tellern, Töpfen, Kannen, Flaschen und Bechern wild durcheinander.

Unterdessen hockten die drei Schurken angekettet in der Urwaldhütte und glotzten dem fröhlichen Treiben immer noch ungläubig zu.

«Gefangen genommen. Von zwei Weibsbildern, einem klapprigen Opi und einem Jungen. Das gibt's doch gar nicht.»

Der Oberganove schlug sich immer wieder mit der flachen Hand auf die Stirne, dass es nur so klatschte. Auch Otto und Fritz waren gehörig durcheinander.

«Sag mal. Was is hier eigentlich los? Weiberröcke im Urwald. Und Kinder. Träum' ich vielleicht nur, oder haben wir gestern Nacht eventuell zu viel Schnaps getrunken?»

«Ich raffe es nicht. Bei dem Gewusel wird einem ja geradezu schlecht. Zur Hölle noch ma ...!»

Weiter kam Otto nicht, denn in dem Moment kam der zahme Affe in die Hütte gesprungen und drückte ihm eine Banane in den offenen Mund.

Als später alle um das Lagerfeuer versammelt waren und das genussvolle Schweigen mehr und mehr unterbrochen wurde, beratschlagten sie schließlich, wie es nun weitergehen solle.

«Also, Kinder, was soll ich sagen.» Der Käpt'n hatte als Erster das Wort ergriffen und schaute dankbar vom einen zum anderen. «Heute Morgen hab' ich schon das Ende meiner Lebensreise vor mir gesehen. Dass du überhaupt einen Fuß in den Urwald gesetzt hast, Trinchen, hätte ich niemals geglaubt!»

«Ich auch nicht, Onkel! Aber als plötzlich Oskar und Ottilie verschwunden waren und ich den furchtbaren Brief gelesen hatte ... ich wäre auch bis zum Nordpol gefahren, wenn es nötig gewesen wäre. Wie gut, dass wir wirklich gekommen sind!»

«Mmh tjä, liebe Katharina, auch ich danke dir und meiner guten Mevrouw und, ja, überhaupt!»

Balduin von Ottenstein nahm sich die Brille von der Nase, säuberte sie gründlich, schnäuzte sich noch vor lauter Verlegenheit ausgiebig und setzte seine Brille wieder auf. Er war so gerührt über Katharina Uhlenbrocks Rettungstat, dass er gar nicht wusste, wohin mit seinem Dank. Wenn sie allein gewesen wären ... wer weiß!

«Nun Kinderen, wat sollen wir tun? Ik heb geen Lust im Urwald zu verschimmelen. Het Klima hier in de Amazonas ist niet al zu gut. Ik werd wohl samen mit een paar andere die Gauners hier naar een Politiestation verfrachten. Denn ik neem aan, dat ihr die goldene Nuss sueken werdet?»

«Das ist eine sehr richtige Vermutung! Mmh tjä, der Käpt'n und ich werden zusammen mit Igor weitersuchen, während ihr anderen wieder zur Küste zurückfahrt!»

«Aber ich bleibe bei euch, Papa!»

Ottilie stellte sich vor ihren Vater hin und stemmte trotzig die Hände in die Hüften.

«Und ich auch, Großonkel!»

Käpt'n Oskarson schmunzelte, als er seinen Großneffen vor sich stehen sah. «Genau der Vater!», dachte er und war im gleichen Moment entschlossen, die beiden Kinder mit nach der Goldenen Nuss suchen zu lassen. Dennoch warf er mit gespieltem Nachdruck ein:

«Und wer, bitteschön, begleitet Mevrouw Molenaar und Trinchen?»

«Moment mal, wer hat denn gesagt, dass ich jetzt umkehren werde. Das wäre ja noch schöner! Ich muss sagen, was Expeditionen betrifft: ich glaube, ich bin auf den Geschmack gekommen!»

James räusperte sich.

«Well, würde sagen, ich werde gehen auch zurück nach Caracas und zu die Schiff, Makadamia. Ich bin ein wenig zu old for diese Geschäft!»

«Ich auch begleiten die Mevrouw!»

Mamadou hatte sich wie immer kurz gefasst.

«Frauen und andere werden gute Führer und starke Männer brauchen! Chimo und Pablo gehen mit!»

«Und der Schiffsjunge muss zurück auf sein Schiff!», sagte Salino stolz.

«Wenn ech mer erlaube darf, d'Gesellschaft vo de Goldige Nuss noch ein wenig mit minnere Anwesenheit z' beläschtige?» Herr Nüssli hatte so leise gesprochen, dass es fast einem Flüstern gleichkam. «Ich werd' auch ganz b'stimmt keine Spaziergänge mehr mache'. Und keine Jaguarkinder streicheln – wahrscheinlich.»

«Meinetwegen können Sie mitkommen!», brummte der Käpt'n und Professor von Ottenstein hatte auch nichts dagegen, denn der Schweizer war, wie er bereits festgestellt hatte, offensichtlich nicht nur ein guter Vogelkenner, sondern in der Tierwelt Südamerikas insgesamt gut bewandert.

«Na dann ...», sagte der Große Och, auf dem jetzt alle Augen ruhten, «dann werde ich auch mitkommen. Schließlich war ich gerade im Begriff, meine erste Partie Schach zu gewinnen. Auch wenn es hier im Dschungel eindeutig zu warm, brütend, schwül, gut temperiert für einen Nüssebeißer aus Maine ist! Na ja, und die Aussicht auf eine leckere neue Nussart ist auch nicht zu verachten!»

Nachdem nun alles entschieden war, wurden sämtliche Vorräte, Waffen und alle anderen Ausrüstungsgegenstände aufgeteilt und verstaut. Man beschloss, noch eine gemeinsame Nacht am Lagerplatz zu verbringen. Am nächsten Morgen würde man sich in aller Frühe trennen. Den Rest des Tages und den Abend verbrachten sie in Gesprächen zu zweit, zu dritt und in immer wieder neuen Gruppen. Mamadou ließ sich von der Mevrouw alles über seine Tiere im Löwenhaus erzählen. Der Käpt'n machte sich Sorgen um den Zustand der «Makadamia» und fragte Salino nach jeder Kleinigkeit. Katharina Uhlenbrock spazierte abwechselnd mit Balduin von Ottenstein und ihrem Sohn auf dem Lagerplatz auf und ab. Genauso, wie umgekehrt Ottenstein mit Ottilie. Igor, Kaobawa, Chimo und Pablo sprachen überhaupt nicht. Sie hockten stoisch vor dem Feuer, hatten stundenlang die Augen geschlossen und dösten vor sich hin, die Ohren auf Durchzug geschaltet, froh, wenn sie vorübergehend nichts mehr von dem ununterbrochenen Wispern und Flüstern der anderen mitbekamen.

Auch der Große Och und Herr Nüssli waren so still, als wären sie in einem Museum oder einer Bibliothek. Die beiden saßen Stunde um Stunde vor dem kleinen Schachbrett und wer ihnen zusah, hatte manchmal das Gefühl, als würden über ihren Köpfen kleine feine Rauchwölkchen aufsteigen, so sehr waren sie in das Spiel vertieft. Als die beiden, wie schon die Nacht zuvor, sich beinahe im Morgengrauen zu ihren Hängematten schleppten, war das Unglaubliche geschehen: der Große Och hatte Herrn Nüssli zum ersten Mal besiegt! Müde, aber sehr zufrieden schlief er bald darauf ein.

«Hände hoch!»

Als die ganze Gruppe am anderen Morgen aufwachte, fuhr ihnen der Schreck in alle Glieder. «Nicht schon wieder», schoss es manch einem durch den Sinn. Igor drückte unwillkürlich den Knauf seines großen Jagdmessers an die Brust, bereit, ihre Freiheit diesmal besser zu verteidigen. Doch als er die Augen aufschlug, war vom Feind nichts zu sehen.

«Wo ist Gaunär?»

Käpt'n Oskarson, der gerade von seinem Morgenspaziergang zurückgekommen war und die Stimme auch gehört hatte, spitzte die Ohren.

«Hännnndeeee hoooch!»

Diesmal hatte die Stimme lauter und ein wenig eigenartig geklungen. Es schien, als säße der, der gesprochen hatte, irgendwo oben im Gipfel eines Urwaldriesen.

«Bandit haben grüne und rote Federn und gelbe Schnabel. Guck!»

Kaobawa grinste über das ganze Gesicht und wies auf einen roten Fleck weit über ihnen, bevor er sich wieder umdrehte und weiterschlief.

Ein Papagei!

«Gott sei Dank! Ich dachte schon, hier draußen ist ein Banditennest und das hört nie mehr auf!», sagte der Käpt'n lachend und die ganze Mannschaft lachte sehr erleichtert mit.

Nach einem ausgiebigen Frühstück wurde es Zeit zum Aufbruch. Man half einander, und nach weniger als zwei Stunden waren beide Gruppen bereit.

«Ja dann, alles Gute, würde ich sagen!»

Der Käpt'n drehte sich nach diesen wenigen Worten um und war froh, dass niemand die Tränen der Rührung sehen konnte, die seine wettergegerbten Wangen hinabkullerten. Erleichtert folgten ihm Kaobawa und Igor nach. Irgendwann waren auch die anderen mit dem Umarmen, Küssen und Schulterklopfen fertig. Ein letztes langes Winken – dann war jede Gruppe zu einem anderen Ziel unterwegs.

Kapitel 14
Harpyie, Fledermäuse und die Lust auf Rätsel

Nun endlich hatten Oskar und Ottilie ein wirklich schönes Ziel vor Augen: die Goldene Nuss! Oskar kam sich vor wie ein Entdecker und stellte sich insgeheim vor, dass er finden würde, wonach die Erwachsenen schon so lange suchten.

Inzwischen hatten sich beide Kinder ganz hervorragend an das Leben im Dschungel gewöhnt. Klein und leichtfüßig wie sie waren, blieben sie am ehesten mit dem gedrungenen Kaobawa gleichauf, nur dass sie sich unter gar keinen Umständen barfuß durch den Urwald getraut hätten. Vorbei an Skorpionen, Schlangen und Spinnen – man durfte auch mit Stiefeln an den Füßen gar nicht weiter darüber nachdenken, dann ging es einigermaßen!

Staunen mussten die beiden aber über Käpt'n Oskarson. Bisher hatten sie sich noch nie überlegt, welche Strapazen er seit Jahrzehnten auf sich genommen hatte, um endlich die Goldene Nuss zu finden. Jetzt, wo er immer hinter ihnen herging, selbst bei größter Hitze in seinem Seemannszwirn, die unverzichtbare Kapitänsmütze auf den weißen Haaren: ein beinahe achtzigjähriger Mann – konnten sie es gar nicht begreifen. Er blieb kaum zurück, auch wenn er über jede Verschnaufpause äußerst dankbar zu sein schien. Dann zündete er sich seine kalt gewordene Pfeife wieder an, paffte ein paar Züge, vergaß aber irgendwann wieder, daran zu ziehen.

Auch Oskars Mutter überraschte alle. So klein und zierlich sie war, so zäh war sie auch. Es schien, als hätte sie all die Jahre nur nach einer Gelegenheit gesucht, ihre Kräfte zu erproben, und wie es aussah, bestand sie die Probe meisterlich – wozu bestimmt auch die Nähe des Biologen beitrug.

Selbst Herr Nüssli war ein zuverlässiges Mitglied der Gruppe geworden. Er erfreute sie immer wieder durch seine unglaublichen Vogelkenntnisse – sogar die Stimmen kannte er, Kaobawa war mehr als einmal von dem tollpatschigen, unvorsichtigen Menschen verblüfft.

Am dritten Tag ihrer Reise, als sie endlich wieder in den Kanus saßen, erwies sich der Schweizer sogar als Retter in der Not. Sie fuhren auf einem stark zugewachsenen Wasserlauf und mussten immer wieder unter umgefallenen Baumriesen hindurchsteuern, wobei nicht nur ihre Macheten, sondern auch die schweren Äxte zum Einsatz kamen. Als sie gerade wieder mit einigen sperrigen Ästen fertig werden mussten, schrien Oskar und Ottilie auf einmal vor Schreck laut auf, als ein riesiger Schatten auf das Boot zustürzte.

«Flach ufe Bode' legge!», rief Herr Nüssli, der als Einziger der Männer nicht mit der Axt gearbeitet und das Unheil sofort erkannt hatte. «Harpyie!»

Im nächsten Moment hatte er sowohl Oskar und Ottilie als auch den kleinen Affen auf den nassen Boden des Kanus geworfen. Gleichzeitig spannte er in einer kurzen, heftigen Bewegung seinen Regenschirm auf und hielt ihn dem großen Vogel entgegen, der sie jetzt fast erreicht hatte. Mit einem lauten, erschrockenen Schrei drehte die Harpyie ab und verschwand so schnell im Dickicht der Bäume, wie sie gekommen war.

«Könnt wieder ufstoh!»

Selber am ganzen Körper zitternd, ermunterte er die Kinder, sich wieder hinzusetzen, was sie auch taten. Das Äffchen dagegen klammerte sich fest in Herrn Nüsslis Arme und steckte dabei den kleinen Kopf unter seine Achsel. Der Schweizer war ebenso verblüfft wie gerührt und wagte kaum, sich zu bewegen.

«Was war denn das?»

Ottilie, die sich an ihren Vater gedrückt hatte, schaute mit großen, angstvollen Augen zu ihm auf.

«Das, mein Kind, war, mmh tjä, die Harpyie, auch Affenadler genannt: der größte Adler der Welt. Wenn ein ausgewachsenes Tier seine Flügel, mmh tjä, aufspannt, kommst du mit dem Zollstock nicht von einem Ende bis zum anderen!»

«Was wollte er von uns? Fühlte er sich bedroht?»

«Nein, eher umgekehrt! Wie der Name schon sagt, die Harpyie, mmh tjä, jagt im Dickicht der Baumkronen nach Affen und Faultieren. Entweder gefiel ihr das kleine Wolläffchen, oder sie hatte, mmh tjä, als Frühstück ... »

... einen von euch ausgeguckt, wollte er sagen, als ihm der Käpt'n ins Wort fiel:

«Nu, lassen wir's gut sein. Dank unsrem wackeren Herrn Nüssli ist ja alles noch einmal gut ausgegangen!»

Nach einer Weile hatten sie sich wieder beruhigt und setzten ihre mühselige Fahrt fort. Am Abend des vierten Reisetages erreichten sie endlich das Basislager in der Nähe des Wasserfalls. Der Käpt'n, Professor von Ottenstein und Igor hatten hier mit der Zeit eine recht komfortable Hütte errichtet, die nun wenigstens den Kindern und Katharina Uhlenbrock einige Annehmlichkeit verschaffte.

Als sie am Abend gemütlich um das Feuer saßen und Fische brieten, fühlten sie sich fidel, wie schon lange nicht mehr. Aber bald spürte Oskar, dass immer wieder dunkle, lautlose Schatten über ihn hinweghuschten, und er zog seinen Kopf zwischen die Schultern.

Igor bemerkte seine unsicheren Blicke.

«Sein Mausflädärn!»

«Fledermäuse? Dieses ständige Huschen? Das müssen ja Hunderte sein!»

«Joh, min Jung. Dass sind sogar Tausende. Jeden Abend. Ich hab noch nie in meinem Leben einen Ort gesehen, an dem nachts so viele von den Flattermännern umherschwirrten wie hier!»

«Was fressen die?», wollte Ottilie wissen und man sah ihr an, dass sie wohl an die vielen Vampirgeschichten dachte, die sie schon gehört hatte. Herr Nüssli schaltete sich ein, noch bevor ihr Vater antworten konnte.

«Sie ernähren sich von Insekten aller Art und leben in Kolonien von bis zu 10 000 Tieren.»

«Und wo sind diese Kolonien?»

Katharina Uhlenbrock sah sich ängstlich um und hatte das Gefühl, dass in den Bäumen ringsumher zigtausende Fledermäuse hingen, die nun bald wie ein Schwarm Heuschrecken über die Lichtung flattern würden.

«Sie leben in Höhlen, wo sie unter der Decke hängen. Nachts schwärmen sie aus, um zu jagen. Wenn ich nicht irre, ist die Gegend hier ziemlich frei von Mücken und anderen Plagegeistern?»

«Sie haben Recht, Herr Nüssli, mmh tjä, das Arbeiten ist hier weitaus weniger lästig als an anderen Orten im, mmh tjä, Urwa..., aua!»

Im gleichen Moment war der Professor aufgesprungen. Er schlug sich auf den Hals, wo gerade eine Feuerameise erfolgreich nach einem Stück nackter Haut gesucht hatte.

Eine Weile schwiegen alle und sahen dem Treiben über ihren Köpfen zu. Nicht lange allerdings, denn die Reisenden waren müde und freuten sich auf ihren Schlaf. Alle? Nein, nicht ganz. Zwei Schachspieler – ein Schweizer Hobby-Ornithologe und ein erstaunlicher Vertreter der Gattung der Nüssebeißer, der lesen und schreiben konnte und noch einiges mehr, grübelten über ihren Schach-Partien, von denen längst nicht mehr klar war, wer von beiden sie gewinnen würde.

Am anderen Tag brachen sie auf zum Wasserfall. Nun, da sie ganz nahe herangekommen waren und Zeit hatten, das Naturschauspiel zu bewundern, kamen sie aus dem Staunen nicht mehr heraus. Alles war von Regenbogenfarben durchzogen, denn die Sonnenstrahlen brachen sich an dem Wassernebel, den die fallenden Fluten um sich herum erzeugten. Die Pflanzenwelt schien hier noch um ein vielfaches üppiger zu sein als ringsumher. Außerdem gab es eine Art See, den das hart aufschlagende Wasser in den Granitboden des tiefer gelegenen Flusslaufes gewaschen hatte. Dessen Ufer lagen so weit auseinander, dass auch die größten Urwaldriesen keine Brücke dazwischen schlagen konnten. Die Fahrt mit den Kanus bekam dadurch den Charakter einer Sonntagsbootspartie. Es war einfach nur schön!

Ottilie war so überwältigt von dem steil abfallenden, in allen Farben funkelnden Wasserspiel, dass es ihr den Atem verschlug. Die anderen waren nicht minder beeindruckt.

«Nich' wahr, Kinners! Das is wohl ein einzigartiger Anblick, hab' ich Recht?»

Der Käpt'n sprach ganz so, als zeigte er ihnen etwas, das er mit eigenen Händen geschaffen hatte. Dann fuhr er allerdings etwas weniger begeistert fort:

«Aber so schön das hier auch ist, da hoch sind wir zum Verrecken nicht gekommen!»

«Allerdings! Der Käpt'n, Igor und ich sind nun schon, mmh tjä, zum dritten Mal um dieses Hochplateau herumgewandert. Aber es ist wirklich an keiner Stelle ein Aufstieg möglich. Wir stehen, mmh tjä, vor einem unlösbaren Rätsel.»

Oskar bekam große Ohren. Unlösbare Rätsel zogen ihn magisch an, was die Bewohner von Löwenhaus ja bereits so manches Mal erfahren hatten.

«Ottilie?», flüsterte er seiner Freundin ins Ohr.

«Was ist?»

«Magst du Rätsel?»

«Ja, mit dick Butter und Marmelade drauf!»

«Ach komm, sei jetzt nicht albern. Ich meine: was hältst du davon, wenn wir beide uns auch ein wenig ... ?»

«Du meinst, wir sollten auf eigene Faust den Aufgang nach oben suchen?»

«Warum nicht – versuchen könnten wir's ja mal!»

«Hast Recht. Ein wenig Abwechslung kann schließlich nicht schaden!»

Kapitel 15
Ein Tor nach oben und ein rauschendes Fest

Nachdem sie ihre Ausrüstung geordnet und die Vorräte erneuert hatten, gingen der Käpt'n, der Professor, Igor und Kaobawa immer wieder ganze Tage auf die Suche nach einem Aufgang zur Hochebene. Anfangs wollten die Kinder mit, und selbst Katharina Uhlenbrock fand zunächst Gefallen an diesen Ausflügen. Doch nach und nach waren sie es alle drei leid und zogen es vor, bei den beiden Schachliebhabern zu bleiben, die nur dann eine Pause machten, wenn sie essen mussten, wenn der Große Och nicht mehr konnte und für eine kurze Stunde einnickte oder wenn Herr Nüssli, wie von der Tarantel gestochen, aufsprang und irgendeinem Vogel folgte, der soeben die Lichtung überquert hatte.

«Ottilie, ich geb's auf!»

Oskar war frustriert. Seine kühnen Entdecker-Pläne hatte er längst begraben. Zu mühselig waren die Strapazen der täglichen Suchgänge gewesen. Wenn das ein Abenteuer sein sollte – dann wollte Oskar getrost auf Abenteuer verzichten. Stattdessen angelte er lieber am Ufer des kleinen Wasserfallsees mit einer der Fischruten, die zur Ausrüstung des Camps gehörten. Inzwischen war er schon ganz gewandt im Auswerfen, und wenn ein Fisch angebissen hatte, ging er ihm nur noch selten von der Leine. Ottilie saß dann manchmal bei ihm, auch wenn ihr die Fische immer Leid taten und sie nicht mit ansehen konnte, wenn Oskar wieder einmal einen aus dem Wasser zog.

Nach etwa zehn Tagen im Camp saßen die beiden Kinder einmal am späten Nachmittag an der Uferböschung. Nicht mehr lange, dann würde die tropische Nacht so schnell hereinbrechen, wie es morgens hell wurde. Die ersten Fledermäuse waren bereits über ihnen in der Luft und wurden freudig begrüßt, denn um diese Zeit machten sich auch die Moskitos auf die Suche nach Opfern, denen sie ein wenig Blut abzapfen konnten.

«Lass uns raus in die Bucht fahren!»

Oskar blickte Ottilie so inständig bittend in die Augen, dass sie ohne zu zögern einwilligte. Mit schnellen Paddelstößen trieben sie das Kanu auf die Mitte der kleinen Wasserfläche hinaus, während sie den Blick nicht von dem majestätischen Wasserfall wenden konnten. Im Näherkommen bemerkte Ottilie, wie der Strom der Fledermäuse über ihnen dichter und dichter wurde.

«Guck mal, Oskar, die kommen alle aus der Richtung des Wasserfalls. Sieht fast so aus, als würden sie mitten aus der Gischt herausflattern!»

Oskar war im gleichen Moment wie elektrisiert. Er tauchte das Paddel noch kräftiger ein und flüsterte Ottilie zu:

«Wir fahren näher ran. Wenn das wahr ist, dann ... !»

Ottilie blickte ihn fragend an.

«Sie kommen von links, siehst du? Lass mich etwas stärker paddeln, dann kommen wir genau in ihre Richtung.»

Ottilie begriff ganz plötzlich.

«Du meinst, sie kommen aus dem ...? Mensch, du hast Recht, Herr Nüssli hat doch gesagt, sie leben in riesigen Höhlen. Wahnsinn!»

Oskar nickte und biss sich dabei vor Eifer fast die Zunge ab. Der Schwarm der Fledermäuse wurde dichter und dichter. Es sah ganz so aus, als kämen sie aus einem Loch an der Seite des Wasserfalls heraus, ungefähr drei Meter über der Wasseroberfläche. Die Kinder suchten nach einem Felsen, an dem sie anlanden und das Kanu festmachen konnten. Direkt unterhalb des Fledermausflugloches trauten sie ihren Augen nicht: Obwohl es bereits fast gänzlich dunkel war, konnten sie doch deutlich die Stufen sehen, die in den Felsen geschlagen waren und hinter dem rauschenden Wasser wie hinter einem Vorhang verschwanden.

«Siehst du, was ich sehe?»

«Und ob!»

Oskar und Ottilie fühlten sich wie bei der Entdeckung eines neuen Kontinents. Vorsichtig stiegen sie auf die glitschigen Granitsteine, banden das Kanu an einem Felsgrat fest und stiegen die Steinstufen hinauf. Schon nach wenigen Metern sahen sie, dass die Treppe vor einer großen, dunklen, torähnlichen Öffnung endete, die unmittelbar in den Berg zu führen schien. Von dort kamen auch die Fledermäuse, doch ihr Strom verebbte jetzt allmählich.

«Ohne Lampen hat das keinen Sinn!»

Oskar sprach laut und deutlich und hoffte dabei inständig, Ottilie würde das Zittern in seiner Stimme nicht bemerken. Er war heilfroh, nicht weiter in den Berg hinein zu müssen. Ein Entdecker zu sein, reichte ihm für heute, alles Weitere wollte er nur an der Seite des Großonkels, Igors und Kaobawas wagen – ihre Gewehre und das lange Blasrohr des Indianers würden ihn auf dem Weg in den Berg gewiss sehr beruhigen.

«Nein, das hat wirklich keinen Sinn», antwortete Ottilie ihm, «außerdem hab' ich viel zuviel Angst!»

Oskar wollte gerade etwas anderes sagen, besann sich aber noch rechtzeitig:

«Ich auch! Fahren wir lieber zurück ins Camp und überraschen die anderen damit!»

Was sie dann auch taten. Kaum war die Neuigkeit ausgesprochen, herrschte eine unvorstellbare Aufregung unter ihnen. Vor allem der Käpt'n war nicht wiederzuerkennen. Ein ums andere Mal nahm er seinen Großneffen auf den Arm, drückte ihn heftig und gab ihm dabei sogar manchen dicken Schmatz auf die Backe. Seitdem ihm der Große Och einst von der berühmten Goldenen Nuss und ihrer Legende erzählt hatte, war er auf der Suche nach ihr gewesen. Weisheit und Kraft, so erzählten die Nüssebeißereltern den Nüssebeißerkindern, verleihe die Nusskönigin jedem, der von ihr kostet, und Oskar Oskarson glaubte noch immer so fest daran, wie vor Jahr und Tag. Auch bei Ottilie bedankte er sich überschwänglich und es war gerade so, als ob er die Goldene Nuss schon in den Händen hielte.

«Nein, dass ich das noch erleben darf! Dass ich das noch erleben darf. Zwei Kinder mussten kommen und uns alten Expeditionshasen den Weg zeigen. Warum haben wir nicht sofort begriffen, dass Fledermäuse in solchen Mengen nur in einer Höhle leben können?»

Und Professor von Ottenstein, der ja immerhin Biologe war, schlug sich ein ums andere Mal an den Kopf.

«Wie konnte mir das, mmh tjä, passieren. Jeden Abend haben

wir uns über die Fledermäuse gefreut und das Schauspiel bewundert, aber glaubt ihr vielleicht, ich hätte ... Wie konnte mir das nur passieren!»

Doch die Freude darüber, dass sie einen Eingang in das Bergmassiv gefunden hatten, dessen Treppe ihnen den Weg nach oben versprach, überwog alles andere.

An diesem Abend beschlossen sie, ein Fest zu feiern. Aus ihren Vorräten suchten sie ein Menü aus Dosenfleisch und Schokoladenpulver, Schiffszwieback und Trockenmilch, eingelegten Kartoffeln und gerösteten Zwiebeln, Rosinen und Haferflocken zusammen, das sie mit reichlich Grillfisch, Tapirsteak und Maniokmehl, Kaffee, Tee und sogar einer Flasche chilenischem Rotwein ergänzten – für die Kinder hatte Kaobawa einen wunderbaren Fruchtsaft zusammengemischt, der köstlicher war als alles, was sie bisher in ihrem Leben getrunken hatten.

Als sie alle wunderbar gesättigt waren und mit vollem Bauch dem Verglimmen des Feuers zusahen, holte Herr Nüssli einen kleinen silbrigen Gegenstand aus seinem Rucksack hervor, den er an den Mund setzte. Er entlockte dem Instrument eigentümliche Töne, die ihm vor allem in Kaobawa einen ehrfürchtig lauschenden Zuhörer bescherten.

«Was ist denn das?», wollte Ottilie wissen.

«Eine Maultrommel», antwortete der Käpt'n, « ... wartet mal ...»

Er verschwand in seiner Hütte und kam bald darauf mit einer Mundharmonika heraus, auf der er passend zu Herrn Nüsslis melancholischen Tönen eine langsame Melodie anstimmte. Auch Igor juckte es in den Fingern. Er zauberte einen alten Hornkamm aus der Brusttasche, den er wohl schon Jahre lang nicht mehr zum Kämmen benutzt hatte. Er setzte ihn an den Mund und brachte damit einen weiteren bizarren Klang in das Konzert. Katharina Uhlenbrock setzte dem Ganzen dann die Krone auf. Die feine Dame, die seit den ersten Tagen in der Villa Maroni eine erstaunliche Wandlung vollzogen hatte, schnappte sich kurzerhand zwei

Esslöffel, hielt sie mit den Unterseiten gegeneinander und schlug damit so gekonnt zwischen Oberschenkel und Handfläche einen Rhythmus, als hätte sie nie im Leben etwas anderes gemacht.

«Mama!?»

Oskar und mit ihm besonders auch Professor von Ottenstein waren baff. Da saß die Hutmacherin Katharina Uhlenbrock mit aufgelösten Haaren, von der Urwaldhitze verschwitzt und von den Wanderungen des Tages bis in den Nacken und unter die Fingernägel speckig und dreckig, und spielte den Dschungelblues so wild und verwegen, wie nur ein Abenteurer das vermochte.

«Trinchen, Trinchen, du erstaunst mich.»

Der Käpt'n wollte noch etwas sagen, aber offensichtlich fielen ihm nicht die richtigen Worte ein. Stattdessen sprang Oskars Mutter auf und drückte ihm einen lauten Schmatz auf die Wangen. Der Käpt'n lief puterrot an und war froh, dass der Glutschein des Feuers und die nächtliche Dunkelheit dafür sorgten, das niemand etwas davon bemerkte. Als die übermütige Frau sich wieder ans Feuer gesetzt hatte, schüttelte er noch einmal den Kopf.

«Du erstaunst mich. Das kann man wohl sagen!»

Es wurde eine lange Nacht. Der Käpt'n erzählte noch einige unbekannte Geschichten aus seiner Zeit als Seemann und aus den Jahren, da er noch mit dem Großen Och allein gewesen war. Der Nüssebeißer selber war sehr bald nach dem Essen eingeschlafen. Nach drei großen Gläsern Erdnussmus und zwei ganzen Kokosnüssen war er in einen tiefen, friedlichen Schlaf geglitten, aus dem er nur von Zeit zu Zeit einige merkwürdige geträumte Worte hören ließ:

«Bauer auf d 5!» «Rochade!» «Schach!» «Und Matt!»

Kapitel 16
Die Goldene Nuss

So früh wie am nächsten Morgen waren die Mitglieder der Expedition in all der Zeit im Dschungel wohl noch nie auf den Beinen gewesen. Als der Käpt'n sich zu gewohnter Stunde um fünf Uhr früh den Schlaf aus den Augen rieb und in die Runde blinzelte, glaubte er noch zu träumen. Überall war Bewegung in den Hängematten und zwischen den Hütten des Camps. Igor hatte bereits das Feuer geschürt und eine Kanne mit Wasser aufgesetzt. Selbst die Kinder torkelten gerade über den Platz hinüber zu dem aufgebockten Wasserfass, das sie zum Abbrausen hinter einem geflochtenen Vorhang aus Palmblättern aufgestellt hatten.

«Nanu. Hab' ich verschlafen, oder wie? Was zum Deibel macht denn ihr schon hier. Das ist meine Stunde, die könnt ihr mir doch nicht einfach wegnehmen und schon wach sein. Das wäre ja noch schöner!»

Oskar Oskarson gab sich alle Mühe, griesgrämig und bissig zu klingen, aber insgeheim freute er sich doch, denn niemand war so versessen darauf, einen Aufgang zum Hochplateau und damit zu der so heiß begehrten Goldenen Nuss zu finden, wie er. Alles in allem einundzwanzig Jahre mussten vergangen sein, seitdem er begonnen hatte, unermüdlich ihre Spur zu verfolgen. Sollte er jetzt wirklich am Ziel sein? In jedem Fall dauerte es nicht mehr lange, und er würde es sehen!

Schon anderthalb Stunden später saßen sie alle in den Kanus und sahen voller Erwartung den mächtigen Wasserfall auf sich zukommen. An zwei Seilen wurden die Boote dann neben der Steintreppe festgezurrt, bevor die Gesellschaft, allen voran der Käpt'n, feierlich auf den dunklen Schlund der Höhle hinter dem Wasser zuschritt. Sie hatten starke Taschenlampen dabei und sowohl der Käpt'n als auch Igor zusätzlich noch Grubenlampen auf der Stirn, mit denen sie das Dunkel ausleuchten konnten, während sie die Hände frei behielten. Igor trug die lange Flinte vor sich her und Oskar Oskarson hielt einen alten Trommelrevolver in der Hand, den er einmal bei einer Schlägerei einem betrunkenen Seemann abgenommen hatte, um Schlimmeres zu verhüten.

Nach etwa fünfzig Stufen, die steil in den Berg hinauf führten, standen sie in einem größeren Felsenraum, der bis unter die Decke mit schwarzen und ockerfarbenen Zeichnungen ausgefüllt war.

Dann erklommen sie Stufe um Stufe den steilen Gang, der wie eine etwas krumm und schief geratene Wendeltreppe immer nur nach oben führte.

«Iihh. Guckt mal da!»

Katharina Uhlenbrock wies auf die Decke über ihnen, an denen ungezählte Fledermäuse kopfunter und mit übereinander geklappten Flügeln hingen und schliefen.

«Hier drinnen esch es agnehm chuel, ich würde sagen, do sind konstant 9 Grad, genau wie im Höhlensystem von Las Brujas!»

Herr Nüssli hatte den Finger gehoben und dozierte.

«Ich friere! Draußen ist es ja viel wärmer ...»

«Hier Ottilie», sagte Oskar, «nimm meinen Anorak, den brauche ich nicht.»

Wie eine Prozession müder Mönche trotteten sie weiter den unendlich langen Gang nach oben. Erklommen Stufe um Stufe, als ginge es hinauf auf den Turm einer Kathedrale. Manchmal flatterten ihnen aus dem Schlaf geschreckte Fledermäuse um die Köpfe, ansonsten war hier drinnen aber nichts Auffälliges zu entdecken.

«Es wird heller, merkt ihr das?»

Professor von Ottenstein hatte es als Erster bemerkt. Ein anfangs noch schwacher Lichtschein wurde mit jeder weiteren Stufe heller und schon bald standen sie im Freien. Doch sie waren enttäuscht. Wie überall im Dschungel auch, blickten sie nur auf das undurchdringliche Dickicht der Pflanzen. Vom Boden bis hinauf in die höchsten Baumwipfel nichts als eine unendliche Zahl verschiedener Grüntöne, hier und da die farbigen Einsprengsel von Blüten, Früchten und Pilzen oder das Wechselspiel von Licht und Schatten. Links sahen sie den kleinen Fluss, der sich nahe der Höhle in die Tiefe ergoss. Sie beschlossen, ihm zu folgen. Irgendwo würden sie an seine Quelle stoßen. Das war fürs Erste ein gutes Ziel. Selbst wenn es dort nicht mehr geben sollte als frisches, klares Wasser.

Sie schritten schweigend weiter. Das Gepäck lastete auf einmal schwerer auf den Schultern, denn sie hatten hier oben auf ein kleines Wunder gehofft. Während die Erwachsenen in einen Trott verfielen, der sie den Blick kaum vom Boden heben ließ, waren die Kinder umso aufmerksamer für die Umgebung. Auch der Große Och schien auf einmal hellwach zu sein. Er lief unmittelbar vor Oskar und Ottilie und sie sahen, dass er von Zeit zu Zeit langsamer wurde, seine Nase in alle Richtungen drehte und prüfend etwas zu wittern schien. Als er auf einmal nach rechts ausscherte, folgten ihm zuerst nur die beiden Kinder. Wie ein Hund auf der Fährte eines Wildes, achtete er gar nicht weiter darauf, wo er hintrat, selbst wenn er sich dazu durch das dickste Lianengestrüpp kämpfen musste.

«Was ist mit ihm?», fragte Ottilie verwundert.

Oskar zuckte mit den Schultern, ging aber weiter gespannt hinter seinem Freund her.

Plötzlich blieb der Große Och am Fuß eines kleineren Baumes stehen und schaute in dessen Krone hinauf.

«Seht ihr, was ich sehe?», fragte er ganz aufgeregt.

«Ein Walnussbaum!», riefen Oskar und Ottilie wie aus einem Mund.

«Ich wusste gar nicht, dass hier auch welche wachsen!», meinte Oskar.

«Tun sie auch nicht!», sagte darauf eine andere Stimme. Der Professor war hinter sie getreten und staunte, wie die Kinder auch, den Baum an, der zwar zu Hause in ihrem Garten, aber eigentlich nicht auf einem Hochplateau im Amazonasdschungel stehen durfte.

«Seht mal, dort.» Der Große Och zeigte auf einen Strauch etwas weiter vorne. «Und da und da!»

Sie folgten seinem Finger und sahen der Reihe nach: einen Haselstrauch, einen Mandelbaum und einen riesigen Butternussbaum, den die Kinder bisher nur aus den Erzählungen des Käpt'ns kannten.

«Das sieht hier ja aus wie in einem Arboretum!», meinte Professor von Ottenstein.

«Einem was?»

«Wie in einer Baumsammlung!»

«Ja, und es ist die schönste Baumsammlung, die ich je gesehen, geschaut, angeguckt, bestaunt, entdeckt habe!»

Inzwischen waren auch die anderen näher gekommen und hatten begriffen, dass sie nun wohl auf der richtigen Fährte waren. Der Käpt'n war jetzt nicht mehr zu bremsen. So schnell er konnte, folgte er dem Nüssebeißer, der immer weitere Nussarten entdeckte.

Als Oskar Oskarson dann sogar die Silhouette einer ausgewachsenen Makadamianuss vor sich sah, schlug sein Herz wie wild. Er wurde jetzt immer langsamer, denn jeden Moment rechnete er mit einem unerhörten Anblick.

Und dann sah er sie! Vielmehr, er sah ein Blitzen und Blinken, das er sich in seinen kühnsten Träumen nicht hätte vorstellen können.

Hinter dem Makadamiabaum, so weit von ihm entfernt, dass er seine kugelrunde Krone völlig frei in alle Richtungen ausbreiten konnte, stand der Baum, den sie gesucht hatten. Gar nicht einmal sehr groß, die Krone vielleicht zehn Meter im Durchmesser, hatte die Goldene Nuss ein vollständig geschlossenes Blätterdach, aus dem unzählige glänzende Lichtreflexe aufschienen. Im Näherkommen sahen sie, dass der Baum über und über mit goldfarbenen Nusskugeln von der Größe einer kleinen Walnuss behangen war.

«Seht ihr sie? Seht ihr die Goldene Nuss?»

Käpt'n Oskarson rüttelte Igor und Professor von Ottenstein an den Schultern, so, als wollte er sich durch sie davon überzeugen, dass er nicht etwa träumte.

Eine Weile blieben sie in einem großen Kreis verteilt unter dem schönen Baum stehen und sahen ehrfürchtig nach oben.

Der Erste, der sich rührte, war Herr Nüssli. Ungeduldig wie immer ließ er seinen Blick suchend über die Lichtung schweifen. Es schien ihm, als würde der Platz um den Baum regelmäßig von keimenden Sträuchern und Bäumen freigehalten. Das Gras war so gleichmäßig dicht wie auf einem gut gepflegten Rasen. Und Herr Nüssli suchte nach dem «Gärtner»!

«Seht emol dort hinüber!»

Er zeigte auf eine Stelle in dem umgebenden dichten Wald. Alle Augen folgten seinem Fingerzeig, doch es war nicht leicht zu erkennen, was er gemeint hatte.

Oskars Falkenaugen erkannten Einzelheiten:

«Da ist ein Bauwerk oder der Eingang zu einer Felsenhöhle. Rechts und links davor stehen zwei Figuren aus Stein!»

Er hatte Recht. Je weiter sie darauf zuschritten, desto klarer waren

die vom Dschungel fast zugewucherten Konturen zu erkennen. Ein steinerner, behauener Felsentempel ragte bestimmt fünfzig Meter in die Höhe, so hoch, wie auch die Spitzen der höchsten Baumriesen reichten. Lianen, Bromelien und die Luftwurzeln verschiedener Bäume hatten den größten Teil der Anlage aber so zugewuchert, dass man erst im letzten Moment sah, was da vor einem stand.

«Die beiden Figuren sehen aus wie du!»

Ottilie hatte sich an den Großen Och gewandt, der wie verzaubert vor den steinernen Nüssebeißern stand, die den Eingang des Felsentempels zu bewachen schienen.

Der Große Och antwortete nicht. Magisch angezogen von der dunklen Tiefe der Felsenhöhle, setzte er sich langsam und wie träumend in Bewegung, während ihm die anderen folgten. Als sich das Dunkel um sie schloss, zündeten sie ihre Fackeln an. Sogleich entflammte der Vorraum der Felsenhöhle in leuchtendem Gold, denn seine Wände waren mit Bildern und Zeichen einer glänzend-goldenen Farbe verziert. Ergriffen von der Schönheit und Würde des Ortes gingen sie langsam weiter, als auf einmal seltsame Töne an ihr Ohr drangen.

«Teshimou, dehiyaho abahawa!»

Kapitel 17
Der Wächter der Goldenen Nuss

«Was war das?»

Oskar zuckte zusammen und begann ein wenig zu zittern.

«Das war ein Nüssebeißer. Ich habe zwar nicht alles verstanden, was er sagte, aber er hat uns freundlich begrüßt. Wir sollen näher treten!»

Der Große Och hatte mit so großer Bestimmtheit gesprochen, dass es den anderen sofort leichter ums Herz wurde.

«Na, dann wollen wir doch mal weitergehen, nicht wahr?»

Käpt'n Oskarson ermunterte sich selbst und die anderen gleichermaßen. Der Gang in das Innere der Höhle wurde höher und die Wände immer breiter und tiefer. Sie schienen in eine Art großen Saal einzutreten, an dessen Ende sich ein noch stärkeres Leuchten auszubreiten begann.

An der Rückwand dieser goldenen Kuppelhöhle sah man ein schweres geschnitztes Holzgestühl, dessen hohe und breite Rückwand das darin kauernde Wesen mit so viel Dunkelheit umgab, dass sie es erst erkennen konnten, als sie unmittelbar vor ihm standen.

Sein Anblick war Ehrfurcht gebietend. Ein sehr zusammengesunkener Nüssebeißer saß da vor ihnen, das sahen sie sofort, denn die Ähnlichkeit mit dem Großen Och war unverkennbar. Aber dieser Nüssebeißer war ungleich älter als ihr Freund. Die feinen Haare auf seinem Gesicht und auf dem, was die Kleidung von seinen Armen und Beinen unbedeckt ließ, waren genau wie seine Haare schlohweiß, die Falten in Gesicht und Nacken so tief, wie

man dies nur bei einem sehr, sehr alten Menschen kennt. Er konnte seinen Kopf kaum heben und blinzelte sie nur hin und wieder aus schläfrigen Augen an.

«Guten Tag, mein Name ist Käpt'n Oskarson.»

Doch statt einer Antwort deutete der Greis auf eine Schale, die vor ihm auf einem ebenfalls geschnitzten Tisch stand, und machte ihnen deutlich, dass sie davon essen sollten. Etwas zögernd näherte sich zuerst der Käpt'n der Schale, aber als er darin einige kleine Stücke der Goldenen Nuss erkannte, begannen seine Augen zu leuchten.

«Die Goldene Nuss. Er will, dass wir davon essen!»

Nacheinander kosteten sie davon. Im gleichen Augenblick fühlten sie sich von einer ungewöhnlichen Kraft durchströmt. Ihr Geist wurde klarer, ihre Gedanken schärften sich und die Strapazen des Aufstiegs waren wie weggeblasen. Der alte Nüssebeißer wartete noch einen Moment, bis er sie alle kauen sah. Dann setzte er mit großer Mühe zum Sprechen an:

«Seid gegrüßt, Fremdlinge.»

Sie alle waren erstaunt, dass sie den Greis so klar in ihrer eigenen Sprache reden hörten.

«Aber Sie spreche' jo Schwyzerdütsch!»

«Njet, är sprächän russische Sprachä!»

«Nein. Alter Zauberer Yanomani-Sprache spricht!»

Nur Professor von Ottenstein hatte sogleich begriffen, was mit ihnen geschehen war:

«Ja», sagte er, «ihr habt Recht. Alle. Der alte Nüssebeißer, mmh tjä, spricht für jeden von euch in seiner eigenen Sprache. Und gleichzeitig spricht er seine Sprache. Das liegt an den, mmh tjä, Goldenen Nüssen, von denen er uns hat probieren lassen.»

Und dann forderte er Igor auf, etwas auf Russisch zu ihnen zu sagen.

«Aber warum denn, dann versteht ihr doch kein Wort!», sagte Igor in russischer Sprache und war erstaunt, dass sie nun ebenfalls russisch mit ihm sprachen.

«Mensch Igor, ich habe jedes Wort verstanden» ... «Und ich auch» ... «Und ich auch!»

«Es stimmt also wirklich!», triumphierte der Käpt'n, «die Goldene Nuss existiert nicht nur, sie verleiht einem auch besondere Gaben!»

«Natürlich!»

Es wurde still, denn nun hatte wieder der alte Nüssebeißer das Wort ergriffen.

«Die Goldene Nuss verleiht Gaben, von denen die Menschen nicht einmal zu träumen wagen. Hier ...» Er war unterdessen aufgestanden und vor einem Felsbrocken stehen geblieben, der gut und gerne eine viertel Tonne wiegen musste. Bei dem Wort «hier» bückte er sich, hob den Stein mit einer Leichtigkeit an, die völlig unglaublich war, und warf ihn dem Käpt'n zu wie einen Fußball. Als Oskar Oskarson das Monstrum auf sich zufliegen sah, glaubte er, sein letztes Stündlein hätte geschlagen, und wähnte sich schon mit zerschmettertem Schädel auf dem Boden liegen. Er stand wie gelähmt da und machte erst gar nicht den Versuch, den Brocken aufzufangen. Dann aber hörte er in seinem Kopf ein Stimmengewirr, das von Oskar, Ottilie und allen anderen zugleich zu kommen schien, obwohl keiner von ihnen den Mund aufbringen konnte:

«Auffangen! Du kannst das!»

Und richtig, als er gerade noch rechtzeitig die Hände hoch riss und den Stein aufzufangen versuchte, gelang ihm dies so mühelos, wie einst in seinen jungen Jahren beim Schulsport im Handballtor.

« ... hier also noch eine Kostprobe, was die Goldene Nuss vermag. Ihr hört mich jeder in seiner eigenen Sprache sprechen und wenn ihr aufgepasst habt, konntet ihr sogar hören, was nur in euren Gedanken gesprochen wurde!»

«Das ist ja sagenhaft. Mit dieser Nuss könnte man die Welt auf den Kopf stellen!»

Der Käpt'n stellte sich bereits vor, wie seine Expedition zur Goldenen Nuss in die Geschichtsbücher der Menschheit eingehen würde: «Oskar Oskarsons Entdeckung der Zaubernuss. Die Ausdauer und der Mut von Käpt'n Oskar Oskarson haben der Menschheit eine Nuss geschenkt, die von so unvergleichlich segensreicher Wirkung war wie kein anderes Nahrungsmittel je zuvor!»

«Aber Käpt'n», unterbrach ihn in diesem Moment Professor von Ottenstein, «Ihre Gedanken in allen Ehren, aber sind Sie sicher, mmh tjä, dass es nur segensreiche Wirkungen sein würden, die mit dieser Nuss, mmh tjä, in die Welt kämen?»

«Nun ja, wenn wir alle ein wenig stärker werden ...»

«... dann würden die Starken noch stärker werden, weil sie den

Schwachen gar nicht erst von den Nüssen abgeben würden!», vollendete Katharina Uhlenbrock den Satz.

«Na gut.» Der Käpt'n begann noch einmal, aber jetzt schon etwas zaghafter:

«Wenn wir die Gedanken unserer Mitmenschen lesen könnten, dann würden wir Diebe und anderes Gesindel überführen können, noch bevor sie eine Missetat begangen haben!»

«Und wir würden bei jedem dummen Gedanken belauscht werden, der uns gerade so in den Sinn kommt. Immer müssten, mmh tjä, wir uns ängstlich umsehen, ob niemand in der Nähe ist, der uns zuhört, während wir an unsere Liebsten denken.»

Bei diesen Worten schaute Balduin von Ottenstein Katharina Uhlenbrock mit einem zärtlichen Blick an, der mit einem ebensolchen beantwortet wurde.

«Wenn wir uns wieder einmal über unseren Chef ärgern, würde er dabei zuhören und uns dafür bestrafen. Wenn wir uns in Gedanken auf ein dickes Schnitzel mit Bratkartoffeln freuten, würde uns der Vortragsredner, dessen Ausführungen wir gerade lauschten, mmh tjä, mit einem vorwurfsvollen Kopfschütteln ansehen, wenn wir ...»

«Ja, ja, is' ja man gut. Daran hab' ich noch gar nicht gedacht – aber müsst ihr mir denn so die Freude verderben?»

«Wenn ich vielleicht auch noch etwas sagen dürfte?» Der Alte blickte mit einem herzlichen Lächeln in die Runde. «Ihr habt mir durch euer Gespräch einige längere Erklärungen erspart. Ja, die Goldene Nuss ist wunderbar und sie wirkt wunderbare und wohltätige Dinge, wenn man vorsichtig und zum Wohle aller Wesen mit ihr umgeht. Aber wehe, ein böser Mensch bekommt sie in die Hände, dann kann das Allerschlimmste passieren. Aber es wird nicht passieren, solange es den Wächter der Goldenen Nuss noch gibt!»

«Was soll das bedeuten?», fragte der Käpt'n ängstlich. «Dürfen wir nicht von dem Baum mit den Goldenen Nüssen pflücken? Sollten die ganzen Reisen, sollten die vielen Jahre der Suche vergeblich gewesen sein? Das darf nicht sein!»

«Ganz so ist es auch nicht. Solange ihr hier oben bei mir weilt, dürft ihr von der Goldenen Nuss essen, so viel ihr wollt. Ihr werdet euch dann weiter mit mir verständigen können, seid frisch und munter und erlebt noch ein paar andere Dinge mehr. Aber wenn ihr vom Tempel der Goldenen Nuss aufbrecht, wird jeder von euch nichts weiter mitnehmen als einen solchen Beutel.»

Er hielt ein feines, aus Leder gearbeitetes Säcklein hoch, das, wie sich bald herausstellte, nur eine einzige vollkommen geformte Goldene Nuss enthielt.

«Nur eine Nuss für jeden von uns? Aber das ist nicht fair!»

Der Käpt'n konnte und wollte es nicht fassen. Doch der alte Tempelwächter ließ sich nicht davon beeindrucken und sprach weiter:

«Ihr kommt zur rechten Zeit. Ich bin alt. Sehr alt. So alt, dass ich bald den Dienst am Tempel der Goldenen Nuss nicht weiter werde verrichten können und ...», er zögerte und sein Blick verweilte auf dem Großen Och, «... einen Nachfolger brauchen werde, damit das Geheimnis der Goldenen Nuss bewahrt und geschützt bleibe. Und dieser Nachfolger kann nur ein Nüssebeißer sein.»

Oskar, der aufmerksam zugehört hatte, wurde auf einmal ganz bleich, denn er sah die Blicke, die zwischen den beiden Nüssebeißern hin- und herwanderten.

«Nein! Nein! Das kannst du nicht machen. Bitte, du kannst uns doch nicht einfach verlassen. Wir sind doch Freunde. Wir brauchen dich doch. Ich brauche dich doch!»

Jetzt begriffen auch die anderen, was geschehen würde, und hielten den Atem an.

«Mein lieber, lieber kleiner Oskar. Es wird geschehen, was geschehen muss. Der Hüter der Goldenen Nuss sucht einen Nachfolger und ich bin hier. Du, Oskar, brauchst mich nicht mehr. Du bist selber so stark und mutig und klug, dass du fortan anderen eine Hilfe sein kannst, statt selber der Hilfe zu bedürfen. Außerdem

hast du ja Ottilie und Klaas und alle anderen Freunde. Ich hatte mich schon entschieden, hier zu bleiben, als ich den Nussgarten vor mir sah. ‹Zu Hause!›, habe ich in diesem Moment gedacht, ‹endlich zu Hause›.»

Sie alle hatten die Rede ihres Freundes gehört und schwiegen betroffen. Nur einer schwieg nicht:

«Ähem, wenn ech Sie bitte döfti störe, Herr Och.»

Der Schweizer hatte sich sehr leise an den Nüssebeißer gewandt.

«Wenn Sie scho ned mit uns komme' wolle' ..., chönnt denn nicht einer vo üs bei Ehne bliibe?»

Der Große Och lächelte.

«Und wer zum Beispiel sollte das sein?»

«Nun, sagen mer, Schach spielen sollt' er scho chönne, denn sonst hend Sie do obe vielleicht kei rechte Ziitvertreb?»

«Außer uns beiden spielt aber doch wohl niemand Schach? Habe ich Recht?»

«Das cha sehr wohl si. Vielleicht wörded Sie jo met meiner Wenigkeit Vorlieb nehm'? Ech verspreche auch, dass ech Sie nie wörd wecke, au wenn's mer no so langwilig wäri!»

Kapitel 18
Abschied vom Großen Och

Das Unvorstellbare würde tatsächlich geschehen. Der Große Och hatte sich entschieden, auf dem Hochplateau zu bleiben, um Wächter der Goldenen Nuss zu werden. Und Herr Nüssli blieb bei ihm! Als selbst Oskar sich nicht mehr dagegen auflehnte, verbrachten sie noch ein paar wirklich schöne Tage dort oben. Tage, die sie nie in ihrem Leben vergessen würden.

Die Wirkung der Goldenen Nuss war fantastisch. Eine einzige Nuss genügte, um den ganzen Tag keinen Hunger mehr zu verspüren, sie waren satt und fühlten sich zugleich so leicht wie Vögel, die von einer Strömung in die Höhe getrieben werden. Alle ihre Sinne waren auf einmal so fein wie die der Tiere. Sie hörten das leiseste Geräusch, sahen die Welt in den prächtigsten Farben und alle Dinge so scharf und genau, als hätten sie ein Fernglas vor den Augen. Am meisten überrascht waren sie, als sie bemerkten, wie viele Düfte in der Welt waren. Blüten und Früchte, der Pilzgeruch des Erdreichs, die fernen Dünste eines Ozelots, der in sicherer Entfernung durch das Unterholz strich – es schien so, als könnten sie die Welt genauso gut riechen wie sehen.

Außerdem hatte jeder von ihnen das Gefühl, noch nie im Leben so stark, so mutig, so schnell und zugleich so gelassen gewesen zu sein wie hier, im Reich der Goldenen Nuss. Mit einem Wort, die Wundernuss hatte sie alle regelrecht verzaubert.

«Ach», hörte man den Käpt'n manchmal seufzen, «was für eine Schande! Ein Paketchen Goldnüsse und die Welt würde uns zu Füßen liegen!»

Aber nichtsdestotrotz freute er sich seines Lebens, alle Wehwehchen, die das Alter mit sich brachte, waren hier oben wie weggeblasen.

Das schönste Erlebnis aber hatten wohl Katharina Uhlenbrock und Balduin von Ottenstein. Als sie nämlich einmal für einen kleinen Spaziergang das Lager verlassen hatten und schweigend nebeneinander hergingen, konnte Oskars Mutter auf einmal ganz deutlich hören, was der Biologe gerade dachte.

«Diese vermaledeite Schüchternheit. Wie um alles in der Welt soll ich sie denn fragen? Hinknien und: ‹Willst du meine Frau werden› fragen? Ich trau' mich einfach nicht!»

Katharina Uhlenbrock hielt zuerst den Atem an, dann aber musste sie herzlich lachen.

«Warum lachst du?»

Doch statt ihren Mund antworten zu lassen, dachte sie ganz besonders fest und innig:

«Du brauchst nicht auf die Knie fallen, mein lieber Balduin, ich warte ja schon so lange darauf! Ja, ich möchte deine Frau werden!»

So war das mit dem einzigen Heiratsantrag in der Geschichte der Menschheit, bei dem kein einziges Wort gesprochen wurde. Und als sie freudestrahlend zurück zu den anderen kamen, wussten auch die dank der Goldenen Nuss sofort Bescheid!

Doch schließlich galt es Abschied zu nehmen. Als der Tag gekommen war, den sie für die Abreise vorgesehen hatten, blieb der Käpt'n auf einmal verschwunden. Nach seinem Morgenspaziergang war er nicht wieder zum Lager zurückgekehrt, sondern direkt zu der Höhle gegangen, die zum Fuß des Wasserfalls führte und einfach hinabgestiegen. Er hatte noch nie leichten Herzens Lebewohl sagen können und dieser Abschied war bestimmt der schwerste seines Lebens. Stattdessen fand der Große Och beim Aufwachen einen Bogen Papier neben seiner Hängematte. Es war ein Brief von der ungeschickten Hand des Käpt'ns.

Mein lieber guter alter Freund!
Du kennst mich. Abschiednehmen ist nichts für mich. Wenn du hier bleibst, bleibt auch ein Stück meines Lebens mit hier oben. Einen besseren Freund als dich kann ein Mann nicht finden. Einen besseren Freund als dich habe ich nie gehabt. Lebe wohl. Ich werde wiederkommen, hoffe ich, denn schließlich bin ich nicht mehr der Jüngste und wer weiß schon, was die Zukunft bringt!

Bleibe mir so gewogen, wie ich dir und vergiss nie deinen,
Käpt'n Oskar Oskarson!

Doch auch wenn der Käpt'n vor dem Abschiednehmen geflohen war, bei den anderen dauerte es dafür umso länger. Vor allem Oskar stand am Ende, als die übrigen Begleiter schon auf dem Weg hinunter waren, noch bei seinem Freund. Sie sahen einander an und schwiegen. Die Trennung fiel ihnen unsagbar schwer. Doch schließlich ging es nicht anders und Oskar musste aufbrechen. Als er sich endlich vom Großen Och losgerissen hatte und

die steinerne Treppe hinunterrannte, fing er hemmungslos zu weinen an.

Auf dem Weg zum Basislager hing jeder seinen eigenen Gedanken nach und nur Katharina Uhlenbrock und Balduin von Ottenstein war es dabei eher leicht ums Herz, die anderen trauerten vor allem um den Verlust des geliebten Freundes. Sie hatten es jetzt sehr eilig. Nicht zuletzt der Schule wegen, an deren Unterricht Oskar und Ottilie fast drei Monate nicht mehr teilgenommen hatten.

Schon am nächsten Tag hieß es erneut Abschied nehmen. Kaobawa hatte seinen Leuten so viel zu erzählen, dass er die Expedition nicht länger begleiten wollte, als sie in seinem Dorf angekommen waren. Mit großen, ungläubigen Augen hatten die Yanomani von dem alten Nüssebeißer und dem Tempel der Goldenen Nuss gehört und dabei scheu und ängstlich auf den Beutel um Kaobawas Hals geblickt, in dem sie die magische Frucht wussten. Auch der Abschied von den Indianern war herzlich und sie versprachen ihnen, eines Tages wiederzukommen, denn sie wollten ja auch den Großen Och wieder besuchen.

Der Rückweg verlief, von unzähligen Wespenstichen und Ameisenbissen einmal abgesehen, weitgehend ereignislos. Als sie nach nicht einmal zehn Tagen müde und abgekämpft auf dem kleinen Hauptplatz von San Carlos ankamen, trauten sie ihren Augen nicht. An einem Tisch vor dem einzigen Hotel des Städtchens saß niemand anderer als Raketen-Paule. Vor sich eine Flasche mit lauwarmem Bier und auf dem Gesicht das strahlendste Lächeln, das man sich vorstellen kann.

«Zum Teufel noch mal! Raketen-Paule! Was machst denn du hier

alter Freund? Sie haben mir gesagt, du würdest in Caracas auf uns warten?»

«Was soll ich sagen? Mein Holzbein hat gejuckt und da dachte ich, fliegst mal runter nach San Carlos, wartet bestimmt dein alter Freund schon auf dich. Na ja, und dann war da auch noch dieses Kerlchen, dieser ...»

«Salino!», ergänzte Oskar.

«Ja, genau, Salmiakpastille, oder wie immer der Knabe nun heißt. Der ließ auch so was fallen von wegen befreit und so. Also bin ich mal so ganz auf Verdacht hierhin. Gestern Abend angekommen! Und ... hat ja wohl gepasst!»

«Also sind Salino und die andern gut angekommen?»

«Alle gut angekommen. Der lange Butler, der Krauskopf und dann dieser Haudegen, wie heißt sie noch gleich?»

«Mevrouw Molenaar!»

«Joh, genau die. Mann, die hat ja einen Blick wie ein Oberfeldwebel. Nur gut, dass ich nicht unter ihr Dienst tun muss!»

Die allgemeine Erheiterung war groß und auch die Freude darüber, dass die anderen vor ihnen gut angekommen waren. Und was war das Schönste, das sie an diesem Tag noch erlebten? Eine heiße Dusche und ein sauberes, frisch bezogenes, weiches, nicht von Fliegen, Mücken, Ameisen oder ähnlichem Krabbelgetier heimgesuchtes Bett in einem Hotelzimmer – übrigens war auch das Frühstück am nächsten Morgen nicht zu verachten!

Danach ging alles sehr schnell. Kaum hatten sie ihre Sachen gut im Flugzeug verstaut und sich ordentlich angeschnallt, zog Raketen-Paule die Maschine in die Luft und nahm Kurs auf Caracas. Als Oskar und Ottilie den Dschungel jetzt wieder von oben sahen, von den vielen Armen des Amazonas und des Orinokos durchzogen, wussten sie, was unter dem harmlosen, in unzähligen Grüntönen schimmernden Blätterdach verborgen lag. Wie viele Strapazen für einen weißhäutigen Europäer, aber auch: wie viele Abenteuer und welche Schönheit bei Pflanzen und Tieren. Und die Menschen nicht zu vergessen, die, wie Chimo und Kaobawa, dort unten ihr schwieriges Leben lebten.

Als sie eine Weile schweigend nebeneinander gesessen hatten, unterbrach Ottilie die Stille.

«Oskar!?»

«Mmh?»

«Weißt du, woran ich gerade denken muss?»

«An den Großen Och?»

«Nö. An die Schule! Wir müssen bestimmt höllisch viel nachholen!»

Oskar war mit einem Ruck hellwach und setzte sich kerzengerade auf.

«Was meinst du, ob Raketen-Paule irgendwo Fallschirme hat, vielleicht sollten wir ja besser abspringen und uns zum Tempel durchschlagen?»

«Geht nicht!»

«Warum?»

«Ich will Klaas eine Pfeilspitze der Yanomani schenken!»

«Zeig!»

Ottilie zog ein Stück Leder aus ihrer Jacke und wickelte einen kleinen Blasrohrpfeil aus, den sie zum Abschied von Matowa bekommen hatte.

«Ist da etwa noch Curare dran?»

«Keine Sorge, das Zeugs tun sie nur drauf, wenn sie auf der Jagd sind.»

«Weißt du was, Ottilie?»

«Sag schon!»

«Ich will nach Hause. Zu Klaas und den anderen. In die Villa Maroni. Und so. Urwald ist schön. Aber zu Hause ist besser.»

«Soll ich ehrlich sein? Find' ich auch!»

Kapitel 19
Wie es weiterging

Die Tage bis zu ihrer Rückkehr verflogen wie in einem Traum. Caracas, die Begegnung mit James, Mevrouw Molenaar, Salino und Mamadou. Der Flug zurück mit der alten Tante Ju über den Atlantik. Ihre Ankunft zu Hause. Die erste Nacht und dann in der Schule die Fragen der Lehrer und Mitschüler. Schon bald nach ihrer Rückkehr drehte sich das Leben der beiden Häuser eine ganze Zeit lang nur noch um eines: die bevorstehende Hochzeit zwischen Katharina Uhlenbrock und Balduin von Ottenstein. Doch auch das war im Umsehen vorüber, zumal die beiden mehr im Stillen und nur im engsten Familienkreis feierten.

Der Käpt'n hatte von allen die größten Schwierigkeiten, sich wieder im normalen Leben zurechtzufinden. Nun, da er die Goldene Nuss endlich gefunden hatte, gab es kein Ziel mehr, für das er sich anstrengen musste. Und da nicht einmal sein Freund, der Große Och, im Hause war, musste er eine riesengroße Langeweile bekämpfen, denn seine Tage waren lang und ohne Aufgaben. Anfangs war er fast täglich mit seinem alten Kumpel Raketen-Paule zusammen. Sie machten lange Spaziergänge, schraubten an der Tante Ju herum oder drehten ihre Runden über der Stadt und dem Meer. Irgendwann aber war auch das nicht mehr genug. Zum Glück für Oskar und seine Freunde! Denn plötzlich entdeckte der alte Seebär seine Lust am Geschichtenerzählen wieder. Stundenlang saßen sie dann in der Villa Maroni beisammen. Oskar Oskarson in dem alten geschnitzten afrikanischen Lehnstuhl und um ihn herum, auf den Boden gelümmelt, Oskar, Ottilie, Klaas und

die anderen Freunde und auch Salino, der noch immer auf der «Makadamia» lebte, die im Hafen fest vertäut war und ihn in den Schlaf schaukelte. Er war es dann auch, der ein halbes Jahr später die zündende Idee hatte.

«Wisst ihr, was schön wäre? Wenn wir manchmal segeln könnten. Davon hab ich geträumt, so lange ich denken kann. Wenn der Wind in das Segel greift und man ohne Brummen und Abgasgestank über das Wasser fliegt. Wenn es stimmt, was in der Zeitung gestanden hat, bin ich wohl schon als Baby mit meinen richtigen Eltern im Segelboot über das Mittelmeer gefahren!»

Während die anderen zustimmend nickten und murmelten, war Oskar Oskarson aufgesprungen und stand nun zu ihrer Verblüffung mit leuchtenden Augen vor ihnen.

«Salino, mein Junge!»

Er hob den verblüfften Schiffsjungen mit seiner Bärenkraft an, warf ihn fast bis an die Decke und fing ihn wieder auf.

«Dass ich daran noch nie gedacht hab'! Als ich sechzehn war, hab' ich jeden Segelwettbewerb in der Gegend gewonnen! Ich bin gar nicht mehr von meiner kleinen Jolle runtergekommen. Gleich morgen werd' ich mich nach einem neuen Schiff umsehen. Dann sollt ihr sehen, was für eine herrliche Sache das Segeln ist! Aber was heißt morgen. Zieht euch an, wir laufen runter in den Hafen. Ich kenn' da eine Adresse – wenn wir bei meinem alten Freund Knut keine prächtige Yacht finden, dann weiß ich's nicht.»

Keine drei Stunden, nachdem die ganze Bande hinunter in den Hafen gelaufen war, machte der Käpt'n den Handel perfekt: Oskar Oskarson war im Besitz einer neun Meter langen hölzernen Kielyacht, mit der sie zu einem ersten Turn über die Wellen aufbrachen – wenig später getauft als «Makadamia II». Von diesem Tag an verbrachte Oskar Oskarson selten mehr als nur die Nacht in der Villa Maroni. Stattdessen machte er Elbe und Nordsee unsicher und kreuzte bald hier, bald dort auf. Wann immer es ging, war Salino mit an Bord und wurde nach und nach zu einem ausgezeichneten Segelbootführer. Schon wenige Jahre später war aus dem Schiffsjungen Salino einer der gefragtesten Segellehrer der ganzen Küste geworden!

Was ist sonst noch zu erzählen? Die Schule hatte Oskar und Ottilie sehr schnell wieder aus ihren Amazonas-Abenteuern zurück in den trockenen Alltag geholt. Sie mussten so viel nachholen, dass sie selten für mehr als ein, zwei Stunden am Tag bei ihren Freunden oder gar beim Segeln waren. Aber seltsamerweise hatte ihnen die Zeit weitab von Schule und Büchern gut getan. Sie merkten erst jetzt, was ihnen das Lernen bedeutete. Ein Leben im Urwald, ohne ihre Freunde, das war nicht unbedingt etwas, wonach sie sich sehnten.

Und was wurde aus den Beuteln mit der Goldenen Nuss? Der Käpt'n, der sich längst damit abgefunden hatte, nicht als Entdecker der Wundernuss in die Geschichte einzugehen, hatte seinen Beutel bei jedem Segeltörn mit an Bord. Er dachte sich: «Wenn ich eines Tages in einen Sturm gerate, oder wenn es mir weit draußen auf hoher See einmal nicht gut gehen sollte, dann werde ich die Goldene Nuss einfach als Notration zu mir nehmen und mich mit ihrer Hilfe ans Ufer retten.»

Balduin von Ottenstein und Katharina Uhlenbrock dagegen waren miteinander so glücklich, dass die Nuss keinerlei Bedeutung mehr für sie hatte. Ihre beiden großen goldenen Kugeln lagen, Seite an Seite, in einer Vitrine, in der der Professor die bedeutendsten Funde seiner vielen Expeditionen ausgestellt hatte.

Igor war nicht lange in der Villa Maroni geblieben. Er war längst wieder irgendwo auf der Welt als Fährtenleser und Expeditionsbegleiter unterwegs. Die Goldene Nuss hing wie ein Talisman um seinen Hals. Wenn er je von einem Bären oder Krokodil in die Enge getrieben werden würde – ein Griff unter das Lederhemd und die Kraft der Nuss würde ihm aus der Patsche helfen.

Ottilie dachte eigentlich so gut wie nie an die Goldene Nuss. Sie fand das Leben nach wie vor so spannend, dass sie an die Möglichkeiten der Zaubernuss nur selten einen Gedanken verschwendete.

Oskar dagegen dachte sehr oft an die geheimen Kräfte der goldenen Kugel, die er immer bei sich trug. Wenn er Ärger mit einem älteren Schüler hatte oder von einem Lehrer ungerecht behandelt wurde, schloss sich seine Hand unwillkürlich fest um den Lederbeutel in seiner Hosentasche. Es war verblüffend: die Kraft

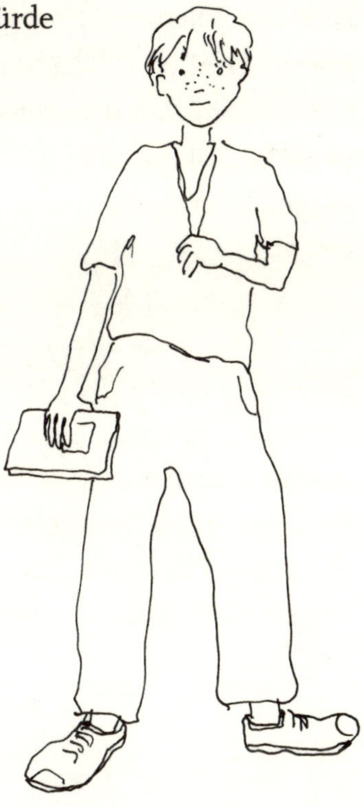

der Nuss schien sich nach und nach auf ihn zu übertragen und machte ihn stärker und mutiger, obwohl doch äußerlich gar nichts geschah. Auch die anderen bemerkten das. Oskar gewann mehr und mehr an Achtung, war bald Klassensprecher und der Erste, an den sich die anderen in der Not wandten.

Und der Große Och? Als der Käpt'n ein halbes Jahr später zum ersten Mal an den Amazonas reiste, um seinen Freund zu besuchen, traf er nur noch seinen Freund und Herrn Nüssli dort oben an. Der alte Tempelwächter war eines Nachts in den Urwald verschwunden und nicht wieder zu ihnen zurückgekehrt. Jetzt war der Große Och der alleinige Hüter der Goldenen Nuss!

«Wie geht es dir, mein guter alter Och?»

«Gut!»

«Ziemlich ruhiger Job hier oben. Hast du nicht manchmal Langeweile?»

«Ruhig? Einmal im Monat taucht Kaobawa mit seiner halben Familie hier oben auf. Jetzt bist du da ... », der Große Och zwinkerte seinem Freund schelmisch zu, «... ganz schön viel los für einen Nüssebeißer, der am liebsten schläft oder Schach spielt, findest du nicht?»